L'EXÉCUTEUR

TERREUR SOUS LES TROPIQUES

DU MÊME AUTEUR
CHEZ LE MÊME ÉDITEUR

N° 1 : GUERRE À LA MAFIA
N° 2 : MASSACRE À BEVERLY HILLS
N° 3 : LE MASQUE DE COMBAT
N° 4 : TYPHON SUR MIAMI
N° 5 : OPÉRATION RIVIERA
N° 6 : ASSAUT SUR SOHO
N° 7 : CAUCHEMAR À NEW YORK
N° 8 : CARNAGE À CHICAGO
N° 9 : VIOLENCE À VEGAS
N° 10 : CHÂTIMENT AUX CARAÏBES
N° 11 : FUSILLADE À SAN FRANCISCO
N° 12 : LE BLITZ DE BOSTON
N° 13 : LA PRISE DE WASHINGTON
N° 14 : LE SIÈGE DE SAN DIEGO
N° 15 : PANIQUE À PHILADELPHIE
N° 16 : LE TOCSIN SICILIEN
N° 17 : LE SANG APPELLE LE SANG
N° 18 : TEMPÊTE AU TEXAS
N° 19 : DÉBÂCLE À DÉTROIT
N° 20 : LE NIVELLEMENT DE NEW ORLÉANS
N° 21 : SURVIE À SEATTLE
N° 22 : L'ENFER HAWAIIEN
N° 23 : LE SAC DE SAINT LOUIS
N° 24 : LE COMPLOT CANADIEN
N° 25 : LE COMMANDO DU COLORADO
N° 26 : LE CAPO D'ACAPULCO
N° 27 : L'ATTAQUE D'ATLANTA
N° 28 : LE RETOUR AUX SOURCES
N° 29 : MÉPRISE À MANHATTAN
N° 30 : CONTACT À CLEVELAND
N° 31 : EMBUSCADE EN ARIZONA
N° 32 : HIT-PARADE À NASHVILLE
N° 33 : LUNDI LINCEULS
N° 34 : MARDI MASSACRE
N° 35 : MERCREDI DES CENDRES
N° 36 : JEUDI JUSTICE
N° 37 : VENDREDI VENGEANCE
N° 38 : SAMEDI MAUDIT
N° 39 : TRAQUENARD EN TURQUIE

DON PENDLETON

L'EXÉCUTEUR

TERREUR SOUS LES TROPIQUES

TRADUIT DE L'AMÉRICAIN
PAR F. GUIRAMAND

PLON HUNTER

Titre original américain :
N° 39 THE EXECUTIONER
THE NEW WAR

Photo de couverture : VLOO

Édition originale Worldwide Library. ISBN : 0-373-61039-4
ISBN : 2-259-01010-5

CHAPITRE PREMIER

Une fois encore Mack Bolan s'apprêtait à passer à l'action. Ici, dans le ciel sud-américain, au-dessus de cette forêt tropicale noyée de pluie. Assis à la place du copilote, dans le gros hélicoptère de la Marine, il scrutait le brouillard poisseux d'humidité, s'efforçant de repérer le terrain.

Ce n'était bien entendu pas le genre de mission qu'un combattant avisé aurait choisi de grand cœur — mais en vérité, Mack Bolan avait-il jamais choisi ses guerres? Dans ce monde implacable où il vivait depuis tant d'années, la mission désignait toujours son homme, jamais l'inverse. Aujourd'hui ne faisait pas exception à la règle.

Bolan, d'ailleurs, avait répondu sur le champ, sans hésiter, sans même poser de question. Parce que, une fois encore, il n'y avait personne d'autre... parce que aussi, l'ordre émanait directement du Bureau Ovale, de la Maison Blanche, à Washington.

Un ordre laconique, concis, mais parfaitement clair et précis : « Trouver Laconia — le ramener vivant, ou l'achever. »

Le plus ardu sans doute serait l'objectif premier de la mission, songeait Bolan en regardant l'impénétrable forêt tropicale ensevelie sous la pluie. Trouver Laconia n'allait pas être un jeu d'enfant...

Les chevaux de l'Apocalypse avaient maintenant de nouveaux cavaliers, Bolan le savait. Si les anciens s'appelaient Famine, Peste, Guerre et Mort, les nouveaux avaient pour nom Fanatisme, Révolution, Terreur, et Holocauste technologique...

Pour la plupart, des groupuscules dont la violence et le fanatisme confinaient à la démence. Animés d'une haine farouche, ils cherchaient à saper toutes les organisations et les structures politiques que, depuis des siècles, l'homme s'était efforcé d'établir pour s'assurer de vivre en paix avec ses semblables.

Bolan, grâce à Dieu, n'était pas seul à lutter contre ces nouveaux sauvages. Il avait à ses côtés des amis, hommes et femmes, qu'il avait appris à aimer au même titre que sa propre famille, autrefois sauvagement assassinée, tout au début de sa première guerre sanglante. Des individus partageant sa foi et ses idées, persuadés comme lui que le monde n'était pas fait *pour* l'homme, mais *par* l'homme.

Le gros hélicoptère avait décollé du porte-hélicoptères croisant dans la mer des Caraïbes à la hauteur du golfe d'Uraba, deux heures avant l'aube. Il s'était brièvement posé un peu au nord d'Acandi, sur la côte de Colombie, non loin de la frontière panaméenne, et était reparti aux premières lueurs du jour. Il survolait maintenant, à très basse altitude, une étroite vallée serpentant sur le flanc oriental de la Sierra del Darién, en direction du centre de la Colombie. De part et d'autre du cours d'eau, des falaises s'élevaient presque à la verticale, et la gorge, parfois très étroite, obligeait le gros appareil à bifurquer brutalement pour suivre la voie indiquée, seul repère dans cet univers de végétation enchevêtrée.

De temps à autre, Bolan apercevait la rivière dont le lit s'incrustait profondément dans le flanc de la montagne, au point que souvent il était invisible, même à cette altitude.

— Je commence à entendre des vibrations sur la fréquence indiquée, annonça le mécanicien radio. Elles s'intensifient, dirait-on.

Bolan lança un regard entendu au pilote, tout en se levant pour préparer sa sortie. Quelques instants plus tard, l'appareil s'immobilisa juste au niveau de la cime des arbres, et le pilote annonça :

— Vous êtes arrivé, mon Colonel. Je ne puis guère mieux.

Les deux hommes d'équipage, à l'arrière, eurent un sourire crispé, et commencèrent immédiatement à déverrouiller le sas de sortie en vol. Bolan, qui portait une combinaison verte de camouflage, passa nonchalamment dans la soute-cargo, pour récupérer son attirail de combat.

— Bonne chance, Sir, murmura un des hommes comme Bolan se glissait par le sas de sortie.

Il lui répondit par un sourire tendu...

Quelques secondes après, il se retrouvait à califourchon sur la plus haute branche d'un arbre gigantesque. Il descendit rapidement jusqu'au sol avec l'habileté et la souplesse d'un félin.

L'odeur douceâtre et vaguement putride de la forêt tropicale l'assaillit brutalement. Une odeur bien familière, tout imprégnée de chaleur humide et de vase, et comme vibrante d'une vie sourde, omniprésente. L'Exécuteur huma l'air lourd, presque entêtant, avec avidité : oui, il était dans son élément, à présent. Le maître de la jungle retrouvait son domaine, ce monde où régnait la loi éternelle de la survie du plus fort, ce monde qui avait façonné l'Exécuteur, l'avait nourri, imprégné, pour en faire le combattant qu'il était aujourd'hui.

Mack Bolan était de retour dans son territoire.

Les lianes, les arbres et les buissons explosaient en une gigantesque végétation, qui s'élançait haut dans le ciel, cherchant la lumière. Le sol était détrempé par les pluies torrentielles. Les palmiers, les acajous, les balsamiers, les eucalyptus jaillissaient, monstrueux, et leurs cimes disparaissaient dans un inextricable fouillis, tandis que leurs troncs énormes ruisselaient de lianes enchevêtrées, tordues, démesurées, où perçaient çà et là la tache éclatante d'une orchidée sauvage, ou d'un jacaranda. Mais plus que tout, l'odeur de la jungle était singulière : une odeur douce de mort, de putréfaction et de vase. Ici les arbres, les lianes, les animaux mouraient, et la puanteur fade et écœurante de leur décomposition flottait partout, accrue encore par l'humidité visqueuse ambiante.

C'était dans la jungle au Viêt-nam que Bolan avait appris la mort, la destruction et la solitude, face à un ennemi brutal et implacable. C'était là qu'il avait appris à survivre.

Et voilà qu'il se trouvait seul à nouveau dans cette jungle en tous points semblable à l'enfer du Viêt-nam.

Il lui fallait récupérer Laconia, quelque part au fond de cet univers sauvage. Puis il devrait le sauver du sort malheureux qui l'avait entraîné ici. Sinon, il l'achèverait... à son corps défendant...

Car c'était bien une de ces missions maudites qui répugnent au cœur de l'homme droit et juste, mais que celui-ci ne peut refuser...

Mack Bolan l'accomplirait sans discuter... mais il mettrait tout en œuvre pour sauver la vie de Laconia.

CHAPITRE II

Rose d'Avril posa ses grands yeux lumineux sur Hal Brognola, le représentant de la Maison Blanche.

— Il est à pied d'œuvre, annonça-t-elle tristement.

Brognola avança vivement vers l'écran du téléscripteur, et lut le message par deux fois. Après quoi il mordilla un instant son énorme cigare pas allumé, et grommela :

— Pas tellement rassurant, tout ça.

— Rien n'est vraiment rassurant depuis le début, soupira Rose. Mais en est-il jamais autrement, avec lui ?

Le regard de Brognola s'adoucit subitement en un élan de sympathie pour Rose, mais son visage reprit vite le masque dur et froid du personnage officiel.

— Tout le monde est là ? s'enquit-il à mi-voix.

— Tous, sauf Grimaldi qui doit arriver dans la nuit. Les autres attendent dans la salle des opérations.

Brognola sourit avec humour :

— Eh bien, allons donc discuter des opérations !

A voir ces deux-là, on n'imaginait pas un instant ce qu'ils étaient en réalité. La fille, très grande, superbe, aurait facilement passé pour une cover-girl, ou même une actrice de cinéma. En fait, elle possédait un doctorat en physique, occupait un poste à très haute responsabilité dans la section criminelle du département de la Justice et, depuis peu, s'était vu assigner une mission aux côtés de Mack Bolan, pour l'assister dans son ultime Campagne Sanglante contre la Mafia.

Brognola apparaissait comme le type même du haut fonctionnaire américain : toujours impeccable, parfaitement soigné, c'était un homme beau et séduisant, d'une quarantaine d'années, que l'on imaginait volontiers passant ses loisirs dans un club de tennis superchic. En réalité, Brognola était le fils d'une famille pauvre implantée aux Etats-Unis depuis deux générations seulement. Il avait travaillé dur pour payer ses études de droit, puis avait passé le concours d'entrée à l'académie du FBI. Il avait été ensuite nommé agent sur le terrain et, plus tard, avait gagné les hautes sphères du département de la Justice, pour y diriger la section des opérations secrètes, et en particulier la grande offensive gouvernementale contre le crime organisé. C'était ainsi, bien sûr, qu'il avait rencontré Bolan. La suite, tout le monde la connaissait :

les deux hommes avaient fait équipe, l'un agissant avec un pied dans la Maison Blanche, l'autre ravageant l'enfer toujours changeant du Milieu, sans aucun appui officiel, bien entendu. Un tandem redoutablement efficace, puisque tous les centres nerveux de la Mafia s'étaient effondrés les uns après les autres comme de sinistres dominos...

Alors, Mack Bolan avait cessé d'exister, du moins sur les registres de l'état civil. Les ordinateurs de Washington avaient créé à sa place un certain John Macklin Phoenix, colonel à la retraite. Cependant, le programme Phoenix était une opération super secrète, dont on ne trouvait pas trace dans les dossiers officiels et que l'on avait soigneusement enfouie sous plusieurs niveaux de paperasseries bureaucratiques. Bolan-Phoenix, au demeurant, s'était vu donner carte blanche pour recruter son équipe, et pour manœuvrer exactement comme il l'entendait. Quant à Brognola, il devait s'assurer que cette carte blanche n'était pas lettre morte, chaque fois que Bolan et ses hommes avaient besoin de soutien ou de renfort officiel.

Un élément important figurait tout de même dans les dossiers de Washington : le QG opérationnel de Bolan et son équipe, la ferme de l'Homme de Pierre, enregistrée officiellement comme base de recyclage pour les agents sur le terrain. Mais elle appartenait à la CIA et, par conséquent, bénéficiait d'un système de sécurité à toute épreuve.

Cette ferme de près de cinquante hectares, située dans les montagnes de Virginie, avait servi de centre d'entraînement à la CIA, au début de la guerre froide. Tous les bâtiments étaient en excellent état. Il y avait de quoi loger plus de deux cents hommes, et l'on avait aménagé pour eux un gymnase, un théâtre et des installations sportives. La ferme était dotée d'un système de communications des plus modernes, avec une liaison par satellite et un branchement direct sur les ordinateurs de Washington. Bref, un outil de travail fabuleux, mais un outil seulement, pour les hommes chargés de mettre en œuvre le programme Phoenix. Et tous ces hommes avaient été choisis par Bolan lui-même.

Carl Lyons était arrivé le premier, l'après-midi même, juste après que Bolan se soit envolé sur le Jet de la Marine, pour rejoindre le navire-porteur croisant dans la mer des Caraïbes. Lyons avait fait partie de la police de Los Angeles. C'était là que, par un de ces hasards du destin, il avait rencontré pour la première fois le redoutable guerrier vêtu de noir. A l'époque, Lyons et Brognola travaillaient ensemble sur une vaste chasse organisée par la police : il s'agissait de capturer Bolan. Et brusquement, les deux hommes, d'un commun accord, avaient décidé de soutenir l'Exécuteur, — officiellement au moins — plutôt que de le traquer. Depuis, Bolan avait sauvé la vie de Lyons plus d'une fois... Pourtant, il n'attendait de l'ex-policier aucune reconnaisance et, loin d'exiger de lui qu'il se joigne à l'équipe de l'Homme de Pierre, il l'avait simplement invité à s'y rendre. La réponse de Lyons avait été bien typique des relations existant entre les deux hommes : il était venu sur-le-champ, sans même poser de question.

Jack Grimaldi devait arriver dans la nuit. C'était un ancien pilote de la guerre du Viêt-nam, un acrobate insensé, capable de faire voler n'importe quel engin, dans n'importe quelles conditions. A son retour de l'enfer sud-asiatique, il s'était fait engager comme pilote de la Mafia. Là, Bolan avait un jour brutalement croisé son chemin et lui avait offert une seconde chance de vivre une vraie vie d'homme. Grimaldi n'avait pas réfléchi plus de cinq secondes avant de bondir sur la proposition ; depuis, il n'avait pas toujours eu la vie rose... mais l'ancien pilote de la Mafia ne s'en plaignait pas. Il était prêt à piloter Mack Bolan quoi qu'il arrive, sans même en demander la raison.

Pol Blancanales et Gadgets Schwarz étaient les plus anciens amis de Bolan. Des vétérans, comme lui. Ils faisaient partie, au Viêt-nam de sa fameuse équipe de pénétration chargée de s'infiltrer à l'intérieur du territoire viêt-cong. Plus tard, ils n'avaient jamais cessé de soutenir leur ami dans sa guerre sanglante contre la Mafia. Schwarz, qui avait une sorte de génie de l'électronique, s'était plus ou moins spécialisé dans l'espionnage et le contre-espionnage électronique. Blancanales, au Viêt-nam, avait été l'un des premiers spécialistes de la pacification, et s'était révélé un brillant administrateur, doté d'une admirable diplomatie, d'où son surnom : « le Politicien », ou Pol, pour les intimes. Plus tard, Schwarz et Blancanales avaient monté une petite société, « Systèmes XX », spécialisée dans le contre-espionnage industriel. Et ils avaient effectué du beau boulot ! Pourtant, quand Bolan leur avait demandé de se joindre à l'équipe de l'Homme de Pierre, la tentation avait été trop forte, et ils avaient tout abandonné pour suivre l'Exécuteur. Ils étaient arrivés à la ferme en début de soirée, ce jour-là.

Un cinquième homme encore avait répondu à l'invitation de Bolan avec la même célérité : Leo Turrin, bien sûr !

Contrairement aux autres, son rôle dans la nouvelle organisation avait été prévu de longue date. Turrin, en effet, partageait depuis si longtemps la vie terriblement périlleuse de Bolan qu'il eût été impensable de voir les deux hommes s'engager un beau jour dans des voies divergentes. Tout au long de la Campagne Sanglante contre la Mafia, Leo Turrin avait agi comme agent fédéral camouflé, tout en étant officiellement un chef mafioso. Mais après l'assaut final de New York, la couverture de Turrin n'était plus viable, pas plus d'ailleurs que son rôle de chef mafioso, pour la bonne raison que la Mafia, pour l'instant du moins, était complètement démantelée. Leo jouissait donc de la retraite tranquille d'un ex-boss sans territoire, mais sa vie en vérité, comportait trois volets : il était un ancien chef de la Mafia profitant d'une semi-retraite. Il était également un politicien connu à Washington et possédait là-bas de nombreuses relations ; et il était enfin un des responsables du programme Phoenix. Les deux premiers volets servant à couvrir le troisième, bien entendu. La vie de Leo Turrin était inextricablement mêlée à celle de Mack Bolan.

Ces cinq individus constituaient l'équipe de l'Homme de Pierre de Bolan. Une équipe d'autant plus redoutable qu'elle bénéficiait du plein appui de la Maison Blanche.

Et pour l'instant, leur chef venait de se faire débarquer dans un endroit plein d'embûches dans des conditions plus qu'incertaines...

Rose d'Avril résuma brièvement la situation aux hommes réunis dans la salle des opérations :

— Casseur est quelque part dans le nord de la Colombie. Il a trouvé la base de l'individu connu sous le nom de Laconia. Mais l'homme a disparu, et sa base a été mise à sac très récemment. Nos avions secrets de reconnaissance pensent avoir repéré une sorte de campement armé, dans une zone montagneuse assez proche, et Casseur est parti à sa recherche. Il a renvoyé l'hélicoptère au navire-porteur, et s'aventure à pied. Le terrain est une jungle inextricable noyée de pluie. La Marine essaiera de récupérer Casseur dans exactement quarante-huit heures, à l'endroit précis où l'hélicoptère l'a déposé. Nous n'en savons pas davantage pour l'instant.

Un long silence suivit le petit discours de Rose, puis Leo Turrin demanda enfin :

— Qu'entendez-vous par « la Marine *essaiera* de le récupérer » ?

Rose jeta un regard à Brognola :

— On prévoit une tempête un peu au-delà de Panama.

— Bien sûr, le cyclone Frederick ! grommela Turrin.

— Vous croyez que c'est lui ? murmura Rose, la gorge serrée. Je pensais qu'il devait passer plus loin...

— Avec un cyclone, on ne sait jamais, fit Turrin d'une voix sourde. Il y a vingt minutes, on prévoyait qu'il se dirigerait vers le Nicaragua.

— C'est une bonne nouvelle, observa Brognola. Le Nicaragua n'est pas du tout la route de...

— Allons, coupa Turrin, vous savez bien qu'il n'y a pas de certitude, avec un cyclone. Surtout quand il en est encore au stade de formation. Il peut prendre mille faux départs, avant de filer dans une direction précise. En tout cas, moi, ça ne me plaît pas des masses...

Blancanales prit alors la parole :

— Quelque chose nous échappe, à Gadgets et moi. Qui est donc ce Laconia, et pourquoi est-il si important ?

— Laconia est un nom de code, bien sûr,

répondit Brognola. Il s'agit d'un agent ultra-secret dont le terrain d'opération est le Moyen-Orient.

— Le chancelier du Diable, observa doucement Lyons.

— Je le sais bien, admit le politicien. Seulement pourquoi ce Laconia se trouve-t-il en Colombie, si son territoire est le Moyen-Orient ?

Brognola prit le temps d'allumer son cigare avant de répondre :

— Bonne question. C'est bien la raison pour laquelle nous nous intéressons tout particulièrement à ce Laconia. Normalement, son territoire est le Moyen-Orient.

— Et donc, pourquoi est-il en Colombie ! reprit Blancanales.

Mais cette fois-ci, le ton n'était pas interrogatif.

— Pourquoi en effet ? soupira Brognola.

— La vermine se déplace peut-être, suggéra Lyons.

— Oh, intervint Rose d'Avril, partout où débarque Casseur...

— La vermine n'est jamais bien loin, acheva Blancanales.

Brognola reprit la parole :

— Nous avons communiqué à Casseur tous les renseignements que nous possédions. Nous lui avons également montré des photos de ce camp armé. Maintenant, il sait que Laconia est retenu prisonnier dans ce camp, et il part du postulat que s'il le retrouve, il répondra du même coup à un certain nombre de questions. Il a l'intention d'agir immédiatement et seul. Cela, vous le savez tous.

Leo Turrin se leva de son siège, et lança un regard froid à Brognola.

— Je vais tirer quelques sonnettes, déclara-t-il doucement. Je connais pas mal de monde à Bogota. Et à Panama aussi.

— Bonne idée, admit Brognola.

— Moi, je vais attendre Jack, fit Lyons d'un air détaché. Il voudra probablement filer...

Schwarz se leva à son tour et sourit à Rose d'Avril.

— Pol et moi allons aussi réfléchir de notre côté. On a peut-être bien quelques petites idées à exploiter.

Brognola tenta de protester pour la forme.

— Je ne sais pas si Casseur approuverait... Il voulait que vous mettiez sur pied l'organisation de...

Mais Rose d'Avril le coupa vivement :

— L'heure n'est pas aux scrupules de conscience ! Au contraire, on doit se serrer les coudes.

— Ouais, murmura Turrin avec un mince sourire.

Brognola eut un petit ricanement.

— OK, vous autres, agissez à votre idée. Moi je m'occupe du reste.

Et c'était bien ce qu'il espérait depuis le début... Mais comment demander à tous ces hommes de se jeter dans une bagarre aussi incertaine ? Impossible... C'est pourquoi il les avait laissés en décider eux-mêmes.

Leo Turrin voyait clairement à quoi songeait le haut fonctionnaire fédéral. Il le prit par la manche pour l'attirer un peu à l'écart et s'enquit doucement :

— Vous n'avez pas demandé à Bolan de foncer à l'attaque, pas vrai ?

— Bien sûr que non, répliqua Brognola un peu sèchement. Je lui ai simplement expliqué le problème. C'est lui qui a tenu à partir sur-le-champ.

— Alors ne nous demandez rien à nous non plus, grommela Turrin.

Il n'en était même pas question. Ceux rassemblés là savaient décider par eux-mêmes...

CHAPITRE III

Quand la nuit tomba, Bolan avait depuis longtemps quitté la jungle pour gagner le haut plateau. Pendant près de deux heures, il n'avait pas précisément cherché le repaire de l'ennemi, tel que l'avaient montré les photographies aériennes. Il avait préféré effectuer une rapide reconnaissance préliminaire du terrain. Dans le ciel, un maigre croissant de lune l'aidait à se diriger. Il cherchait maintenant la route conduisant au camp ennemi. Car, d'après ce qu'il avait vu, il existait obligatoirement une route d'accès. En effet, comment aurait-on transporté autrement que par camion tout l'équipement lourd qui apparaissait clairement sur les clichés aériens ?

Il trouva la piste peu avant minuit. A partir de là, tout alla relativement vite. Bolan courut à une allure régulière jusqu'à proximité du camp. Il y arriva un peu avant l'aube, et se plaqua au sol à distance raisonnable du portail d'accès principal. Là, il sortit ses jumelles.

Il portait une combinaison verte de camouflage assez ample, et sa tenue noire de combat était soigneusement pliée dans son barda. Mais le puissant Auto-Mag 44 était plaqué contre sa hanche droite, suspendu à une ceinture militaire, et le Beretta Brigadier 9 mm à silencieux niché dans son baudrier de cuir, sous l'aisselle gauche comme d'habitude. Dans un sac de toile accroché à sa ceinture militaire, Bolan avait également des chargeurs supplémentaires pour les deux armes.

En revanche, il avait posé le gros Stoner sur le sol, à côté de lui. Pour l'instant, Bolan désirait recueillir un maximum d'informations. La bagarre viendrait après... pas avant qu'il en ait choisi le moment précis.

Le premier élément à découvrir était l'endroit où était détenu Laconia. Et, par là même, s'assurer qu'il était encore vivant. Avant cela, Bolan ne désirait surtout pas déclencher l'offensive.

Allongé à plat ventre dans l'herbe, il commença par régler ses jumelles spécialement conçues pour la nuit. Il les braqua d'abord sur le portail d'accès. Une sentinelle le surveillait, ainsi que la courte section de la clôture métallique visible qui sans doute encerclait tout le campement.

Ici, l'altitude était d'un peu plus de quinze cents mètres au-dessus du niveau de la mer, et l'air était très pur. Le mince croissant de lune projetait une clarté suffisante pour que les jumelles donnent une vision assez nette.

Bolan les braqua ensuite sur les bâtiments

visibles, au-delà de la clôture. Il y en avait d'abord deux longs en tôle ondulée, style caserne, flanqués à droite, un peu sur le côté, de deux guérites ressemblant à des cahutes. Sur la gauche, on distinguait une sorte de structure en béton basse et presque carrée. Elle était assez éloignée, mais l'oreille entraînée de Bolan distinguait pourtant le bourdonnement sourd et régulier d'un générateur électrique.

Dominant tous les bâtiments, perchée sur une sorte de pylône d'acier, une curieuse antenne radar, en forme de disque incurvé, tournait lentement dans le ciel, maintenue par des câbles métalliques.

Bolan posa ses jumelles, et resta plaqué au sol quelques minutes encore, tous ses sens aux aguets. Les bruits de la nuit résonnaient dans ses oreilles, prenant une ampleur démesurée : le crissement incessant des insectes nocturnes, la plainte douce du vent dans les arbres, et le bruissement léger des feuilles à peine agitées... Un petit animal effarouché bondit dans l'arbre, à quelques centimètres, et disparut presque aussitôt.

Bon, tout était normal.

Bolan s'accroupit sans un bruit, et se dirigea vers la clôture, spectre mouvant parmi les ombres. Il laissait derrière lui, soigneusement dissimulés dans les hautes herbes, le Stoner et son barda.

Il attendit que la sentinelle ait presque atteint le point le plus éloigné de sa ronde pour se glisser contre le grillage métallique servant de clôture. Il sortit alors d'une de ses poches un voltmètre miniaturisé. En moins d'une seconde, il avait fixé le détecteur à la chaîne au moyen d'une petite pince, et consultait avidement le cadran de l'appareil.

Rien. L'aiguille ne bronchait pas. La clôture n'était donc pas électrifiée. Toujours bon à savoir.

La sentinelle venait de faire demi-tour et se dirigeait vers le portail. Bolan, à nouveau, plongea sans un bruit sur le sol, et regagna en rampant l'endroit où il avait laissé son barda. Là, il s'immobilisa.

A l'est, le ciel s'éclaircissait. L'aube poindrait dans une demi-heure, pas davantage.

***

A trois cents kilomètres au sud-ouest de Cuba, le cyclone tropical achevait de se former. Des vents violents tourbillonnaient, tandis que d'énormes nuages en bandes s'organisaient peu à peu, en une colossale spirale d'un diamètre de plusieurs centaines de kilomètres, au-dessus des Caraïbes.

Le cyclone Frederick avait mis cinq jours pour arriver à maturité.

Normalement, un cyclone tropical en formation au sud-ouest de Cuba se déplace selon une trajectoire en arc de cercle qui l'entraîne vers le nord, au-dessus du golfe du Mexique, et de là, jusqu'au Texas ou à la Louisiane. D'autres fois, sa trajectoire passe directement par la Floride ou la Géorgie, et il va se perdre ensuite dans les zones dépressionnaires de l'Atlantique.

Mais le cyclone Frederick était un fantaisiste.

Pendant des semaines et des semaines, des tonnes d'eau de mer s'étaient évaporées sous le soleil tropical, et le mouvement ascendant de l'air les avait transformées, par condensation, en énormes nuages qui peu à peu s'étaient organisés en un lent tourbillon autour d'un centre clair. A l'origine, les vents avaient déclenché cet ample mouvement de nuages; puis, comme leur masse augmentait, leur vitesse s'était rapidement accrue, et maintenant des millions et des millions de tonnes de vapeur d'eau tourbillonnaient dans le ciel, créant des vents et des pluies d'une violence inouïe, engendrant une électricité statique parfaitement phénoménale. Aujourd'hui, dans le ciel des Caraïbes, chaque éclair déchargeait des dizaines de millions de volts, et les nuages monstrueusement noirs tournaient à une vitesse terrifiante dans un ciel transformé en un diabolique chaudron.

Avant même d'entreprendre sa course infernale, le cyclone Frederick était déjà une force destructrice démentielle.

Il s'ébranla selon la trajectoire normale, et sa violence s'accrut encore, brassage insensé de vents et de pluies ravageant le ciel et la mer sur des milliers de kilomètres carrés. Puis, brusquement et sans raison prévisible, le cyclone Frederick bifurqua presque droit vers le sud.

Vers Panama. Vers la Colombie.

Droit sur Mack Bolan.

CHAPITRE IV

Il arrive parfois que le présent ressemble tellement au passé que l'on a l'impression d'avoir déjà vécu l'instant présent.

C'était un peu ce que ressentait Bolan. Une fois encore, il portait une tenue camouflée, et, une fois encore, il se dissimulait à plat ventre dans l'herbe haute, aux abords de la place forte ennemie. Une fois encore, il était seul...

Au Viêt-nam, il avait passé des journées entières à observer des villages à la jumelle, notant les allées et venues de leurs habitants, et leurs changements de comportement, sitôt qu'un chef viêt-cong apparaissait.

Aujourd'hui ressemblait étrangement à naguère.

Dissimulé derrière un tronc d'arbre mort tombé à terre, Bolan, grâce à ses puissantes jumelles Bausch & Lombs, observait avec précision tout ce qu'il désirait, dans son champ de vision.

Ainsi, il avait noté, bien que cela fût sans grand intérêt, que la nouvelle sentinelle, près du portail d'accès, était un très jeune homme au visage constellé d'acné purulente. Un bien piètre soldat, en plus : son fusil d'assaut AK 47 portait des traces de rouille sur le canon.

Le jour était presque levé à présent, et des hommes commençaient à sortir des baraquements. Ils s'étiraient mollement, encore tout ensommeillés, avant de se diriger vers le point d'eau, derrière le premier bâtiment en tôle ondulée. Le second baraquement servait apparemment de mess.

Presque par réflexe, Bolan compta les soldats : en moins de cinq minutes, il en avait dénombré plus de cinquante, et, à une ou deux exceptions près, ils étaient tous très jeunes, à peine sortis de l'adolescence ; moins de vingt ans, très certainement.

Quand le soleil fut complètement sorti de derrière les montagnes, Bolan examina attentivement tous les bâtiments, les uns après les autres. Il s'attarda tout particulièrement sur l'énorme antenne radar en forme de disque incurvé qui dominait le campement de toute sa hauteur. Brognola, pourtant, lui avait signalé qu'elle était soigneusement dissimulée. Or aujourd'hui, pour quelque obscure raison, son camouflage avait disparu. Le disque gigantesque était dirigé vers le ciel et tournait lentement. Au pied du pylône qui lui servait de support partaient deux gros câbles reliés à un disjoncteur fixé sur le mur extérieur du bloc de béton carré.

De l'autre côté de la base du pylône, on

distinguait clairement un énorme générateur peint en gris. Et au-delà se trouvait une citerne de carburant. Le générateur fonctionnait au diesel : son bourdonnement lent et sourd ne laissait aucun doute là-dessus. Bolan l'observa intensément : un sacré engin ! Et qui produisait des masses et des masses d'énergie... mais pour quoi faire, grands dieux ? Pourquoi s'être donné le mal d'amener ici un générateur de cette puissance ?

Certainement pas pour alimenter l'éclairage du camp : un générateur transportable y aurait largement suffi.

Alors quoi ? Des gyrophares de détection ?

Bolan promena ses jumelles sur le campement une nouvelle fois : aucun gyrophare.

Pour faire tourner l'antenne radar, peut-être ?

Non. Un système de transmission aurait suffi : les antennes radar réceptrices fonctionnaient avec un minimum d'énergie. Même si une antenne était assez grosse pour détecter des signaux infiniment faibles, on avait besoin de quelques watts seulement pour les amplifier et les rendre parfaitement déchiffrables.

Il ne restait donc guère qu'une hypothèse plausible : l'énorme disque tournant lentement dans le ciel ne se contentait pas de recevoir des signaux : il était également capable d'en émettre.

Oui, c'était bien ça !

A présent, le disque avait repéré quelque chose, là-haut dans le ciel, et les gros nuages arrivant de l'ouest ne le perturbaient pas beaucoup... Il suivait sa proie, quelle qu'elle soit. Un ou plusieurs satellites vraisemblablement, ces trésors de l'espace bourrés d'informations infiniment plus précieuses que toutes les richesses de ce monde !

La porte d'une des petites guérites s'ouvrit : Bolan immédiatement braqua ses jumelles dessus, et vit sortir une silhouette qui gesticulait et criait avec colère. C'était un homme assez fort, et, s'il était trop loin pour que Bolan entende ce qu'il aboyait, les puissantes jumelles permettaient de voir clairement qu'il écumait de rage et s'adressait avec violence à quelqu'un resté à l'intérieur de la cahute.

Son visage, Bolan le connaissait déjà. Il l'avait vu sur une diapositive, deux jours plus tôt, à la ferme de l'Homme de Pierre, quand Brognola lui avait fait le briefing. Un visage basané, assez beau, mais à présent défiguré par la colère.

Khatib al Sulieman.

Un instant, Bolan fut tenté : il lui suffisait d'épauler le Stoner, de viser, et d'appuyer sur la détente... Facile, oh oui, facile... Deux kilos de pression se chargeraient du reste. Bolan sentirait alors le recul brutal de l'arme contre son épaule et verrait la tête du type exploser comme un melon bien mûr sous un coup de marteau...

La tentation pourtant ne dura guère : Khatib al Sulieman *n'était pas* l'objectif premier de la mission.

Laconia passait d'abord : Bolan devait retrouver l'agent secret et le sauver. Ou alors...

Khatib avança dans le campement. Un second Arabe — plus petit et trapu, celui-là — sortit à son tour de la cahute et rattrapa Khatib. Les deux hommes s'immobilisèrent quelques instants, échangeant à l'évidence des propos acerbes, puis reprirent leur marche. Bolan les suivit à la jumelle ; et bientôt ils furent rejoints par une troisième silhouette.

Bolan cligna des yeux, vérifia ses jumelles, se demandant brusquement s'il rêvait...

Et pourtant non. C'était bien une fille qui venait d'apparaître ! Elle avait de longs cheveux noirs rassemblés en une tresse très lâche ramenée sur l'épaule, et portait une salopette trop large. Mais Bolan n'en devinait pas moins ses longues jambes élancées. Quant à la chemise d'homme kaki démesurément grande, elle ne dissimulait pas non plus la courbe ferme des seins que ne bridait aucun soutien-gorge...

La fille avait surgi par le côté, si bien que Bolan, tout d'abord, ne distingua pas son visage. A présent, elle tournait la tête, pour s'adresser aux deux hommes, et l'Exécuteur eut tout le loisir de la contempler : elle avait le teint assez sombre, avec de beaux sourcils épais, bien dessinés, et des yeux noirs profondément enfoncés qui prenaient un éclat étonnant quand elle parlait. Son nez était un peu long mais fin, et sa bouche charnue, généreuse. Bref, une fille superbe.

Mais bon Dieu, que trafiquait une créature pareille avec un assassin fanatique comme Khatib al Sulieman ?

Elle parlait aux deux hommes avec une détermination presque farouche : à l'évidence, quelque chose la révoltait. Ils s'arrêtèrent un instant, discutant avec violence, puis se dirigèrent rapidement vers une cahute, à l'extrémité du campement.

Bolan les suivit à la jumelle et les vit disparaître à l'intérieur.

Etait-ce là qu'ils détenaient Laconia ?

Bolan abandonna ses jumelles.

Khatib, il le savait, était le chef du camp. Mais si les deux autres se permettaient de lui tenir tête, c'est qu'ils occupaient un rang relativement élevé dans la hiérarchie de ce repaire. Sinon, ils auraient piqué du nez dès que Khatib avait commencé à tonitruer.

Et voilà qu'ils étaient tous les trois dans la cahute, à présent. Cela valait le coup d'y regarder de plus près.

L'Exécuteur s'empara de son barda, récupéra le Stoner et s'enfonça doucement dans les broussailles. Il désirait effectuer un large tour de campement, sans jamais trop s'en éloigner, de manière à reconnaître parfaitement le terrain.

Le repaire des Arabes était situé sur un petit plateau, juste au-dessous de la crête de la montagne. Une fois sa reconnaissance accomplie, Bolan gagnerait cette crête. De là il aurait certainement une vue plongeante sur l'ensemble du nid d'aigle ennemi. Dieu sait alors quelle faille il trouverait dans le système de défense de ces maudits fanatiques !

CHAPITRE V

Khatib al Sulieman dévisageait avec fureur les trois personnes qui se trouvaient avec lui dans la cahute. Son regard s'attarda longuement sur l'homme qui l'avait accueilli à l'intérieur.

— Alors, Fuad, s'enquit-il d'une voix contenue, il t'a révélé autre chose d'intéressant ?

Le nommé Fuad haussa les épaules.

— Rien de nouveau vraiment, mon frère. Il est pratiquement inconscient depuis des heures. Je pense qu'il n'a plus grand-chose à nous apprendre...

— Tu penses ! glapit Khatib, ivre de rage. Qui donc te demande de penser ? Je veux des certitudes !

Et se tournant d'un bond :

— Ahmad !

— Oui ? fit ce dernier qui était adossé au mur du fond de la pièce.

— Le prisonnier t'a parlé ?

— Oh ! Enormément, Khatib, rétorqua-t-il avec un sourire mauvais.

Tirant son couteau de son étui de cuir, il en fit miroiter complaisamment la lame effroyablement acérée, avant d'ajouter :

— Il a parlé, ou plutôt il a gémi, imploré, supplié. Pourtant...

— Pourtant quoi ?

— Il sait peut-être encore certaines choses susceptibles de nous intéresser. On va lui servir une nouvelle petite séance de...

— Non !

C'était la fille qui avait hurlé, et son cri semblait sortir du cœur. Les trois hommes se tournèrent vivement pour la regarder.

— Soraya ! Que se passe-t-il ? Tu vois une objection à ce que nous nous assurions que le prisonnier n'en sait pas davantage ? demanda Khatib.

— Parfaitement ! Il nous a avoué tout ce qu'il savait, j'en suis persuadée. Toute la nuit, il a crié de douleur, et geint comme une bête à l'agonie. Il souffrait tant qu'il en avait perdu la raison. Il nous aurait tout dit, s'il en connaissait davantage, et...

— Je ne suis pas de cet avis, coupa Ahmad. J'ai souvent vu des hommes comme lui !

— Eh bien moi, j'ai vu celui-là, et cela me suffit ! Tu sembles vraiment prendre un plaisir particulier à torturer tes victimes !

Soraya, Khatib s'en souvint brusquement, était d'origine bédouine, mais elle avait eu une enfance de citadine à Beyrouth, où elle était née et avait été élevée. Ahmad en revanche était touareg ; or, de notoriété publique, les

Touaregs étaient infiniment plus cruels que les Bédouins. Quand ils capturaient un ennemi, ils trouvaient une indicible jouissance à le torturer pendant des nuits et des journées entières, goûtant avec délectation les cris et les hurlements de douleur de leur victime. Avec un art sadique, ils maintenaient leur prisonnier en vie aussi longtemps que possible, le sculptant, le mutilant centimètre par centimètre du bout de leurs couteaux acérés, si bien qu'il devenait fou bien longtemps avant de rendre l'âme.

— Tu as le cœur étrangement tendre, petite sœur, grommela Ahmad. Ignores-tu que notre cause exige des êtres durs d'esprit et de corps ?

— Je suis dévouée à notre cause tout autant que toi ! rugit Soraya. Mais nous ne sommes tout de même pas des bêtes ! En tout cas, pas moi !

— Cela suffit ! coupa brutalement Khatib. A vous voir vous disputer ainsi, il semble que vous ayez oublié l'essentiel. Nous devons avant tout nous assurer que le prisonnier a dit tout ce qu'il savait sur notre compte. Et nous devons également savoir ce qu'il a rapporté sur nous à ses autorités de Washington. Nous sommes trop près du but, maintenant, pour courir le moindre risque.

Ahmad parla d'une voix hargneuse.

— A Washington, on connaît seulement notre existence, mais on ignore encore qui nous sommes, et ce que nous faisons ; et on ignore aussi l'existence de cette base.

— J'ai grand mal à te croire, rétorqua pensivement Khatib. Le prisonnier a avoué qu'il transmettait un rapport hebdomadaire à ses chefs. Or, quand nous l'avons capturé, il venait ici. Comment songer un instant qu'il n'ait pas expliqué à ses supérieurs où il allait, et pourquoi ?

Ahmad ne répondit rien, mais Fuad prit la parole.

— Que suggères-tu, Khatib ? Nous tentons un nouvel interrogatoire ?

— Evidemment ! Et plusieurs, même, jusqu'à ce que nous soyons absolument certains qu'il nous a tout révélé !

Soraya protesta immédiatement, mais Khatib la toisa de ses yeux implacables. Elle réprima difficilement un sifflement de révolte et se mordit nerveusement la lèvre inférieure. Puis, furieuse, elle tourna les talons et gagna la porte.

— Où vas-tu ? lui demanda sèchement Khatib.

— Je m'en vais ! rugit-elle, avant de sortir en claquant la porte.

Bolan était juché sur un rocher surplombant le camp, les yeux rivés à ses jumelles. De son perchoir, à moins de quatre cents mètres de la clôture, il voyait l'autre côté du camp.

Il passa lentement en revue les bâtiments visibles : d'abord les deux baraquements, puis trois ou quatre guérites en tôle galvanisée.

Enfin le bâtiment bas et carré en béton, destiné à abriter Dieu sait quoi.

Il l'observa plus attentivement, en passant lentement en revue tous les murs visibles, et brusquement se figea sur place.

Et il jura aussi, presque malgré lui...

Sur une des parois de béton, un homme était écartelé, les chevilles et les poignets liés par des cordes à quatre pitons fichés dans le mur. Sa tête pendait lamentablement sur sa poitrine, et Bolan ne distinguait pas son visage.

Qui était-ce ? Laconia sans doute. Sinon qui d'autre ? Qui aurait-on torturé de la sorte, le laissant couvert de plaies et d'estafilades sanglantes, avant de le clouer à un mur comme un oiseau de nuit ?

Bolan jura à nouveau, sentant monter en lui une rage sauvage contre les monstres pervers capables de massacrer ainsi un être humain.

Dans son champ de vision, il repéra soudain la porte d'une des cahutes que l'on ouvrait brutalement, puis quelqu'un sortit vivement et se dirigea à grands pas vers la citerne d'eau.

Bolan braqua ses jumelles sur l'homme... qui n'était pas un homme, mais bien la fille qui, tout à l'heure, discutait âprement avec Khatib al Sulieman, en traversant le campement.

Arrivée devant la citerne, elle sortit prudemment d'une de ses poches un gobelet en fer blanc qu'elle remplit au robinet.

Après quoi, elle fit demi-tour, transportant avec précaution son gobelet plein. Bolan la suivit à la jumelle et la vit contourner le bâtiment de béton pour s'arrêter devant le mur où était écartelé le prisonnier. Pendant une fraction de seconde elle le regarda puis, presque tendrement, elle lui releva doucement la tête et approcha le gobelet de ses lèvres.

Immédiatement Bolan braqua ses jumelles sur le visage enfin visible de l'homme.

C'était bien Laconia ! Bolan avait vu de lui une photo très agrandie projetée sur un des écrans de la salle des opérations, à la ferme de l'Homme de Pierre, au cours du briefing de Brognola. Il n'y avait aucun doute possible.

Mais ce visage à présent était tiré, presque défiguré par la souffrance : le visage d'un homme qui avait subi un atroce martyre, et pourtant n'avait pas encore succombé. Sur ses joues apparaissaient d'horribles plaies où le sang s'était coagulé. Son nez était brisé, et des traînées rougeâtres coulaient de ses narines. Quant à ses yeux, ils étaient hagards, brûlants de fièvre.

Laconia pourtant eut un tressaillement de surprise en voyant la fille. Puis il essaya de boire l'eau du gobelet comme un pauvre animal assoiffé.

Bolan vit la fille lui soutenir la tête, l'aidant à avaler de petites gorgées ; puis elle trempa un mouchoir dans ce qu'il restait d'eau au fond du gobelet et le lui passa doucement sur le visage.

Bon Dieu, que signifiait tout cela ? Visiblement, Laconia n'avait pas révélé tout ce qu'il savait, sinon il serait maintenant un homme mort. La fille espérait-elle le faire parler, en s'occupant ainsi de lui ?

Bolan haussa les épaules : de toute façon, quelle importance ? Le premier objectif de la mission était accompli : Laconia était retrouvé !

L'Exécuteur se remémora alors les derniers mots de Brognola, avant son départ :

— *Si tu ne peux pas le sortir du camp, achève-le.*

Il était temps de réfléchir à la situation avec méthode.

D'abord les données.

a) La place-forte était entourée d'une clôture métallique, et gardée sur tout son périmètre par une douzaine de sentinelles au moins.

b) Les terroristes arabes dénombrés jusqu'ici étaient au minimum cinquante. Ceux qui montaient la garde étaient armés de fusils d'assaut AK 47 et ne perdraient certainement pas une chance de se servir de leurs joujoux, si l'occasion s'en présentait.

Venait ensuite l'analyse.

Il serait insensé pour un homme seul de déclencher une offensive contre un campement ainsi lourdement armé. Et, sans même parler d'offensive, comment s'introduire dans la place-forte, récupérer le pauvre bougre blessé, presque agonisant, et s'enfuir avec lui pour le mettre à l'abri ? Ce serait une opération suicidaire. Et par là même stupide. Or

Bolan n'aimait pas les exploits gratuits, ni les risques inutiles. Prendre des risques était une chose : l'Exécuteur en avait couru d'immenses tout au long de sa campagne sanglante contre la Mafia ; mais il s'agissait de risques calculés, avec des probabilités d'échecs réduites au minimum, grâce à une claire analyse des faiblesses de la défense ennemie. Or aujourd'hui, l'opération paraissait perdue d'avance.

Pourtant, les ordres étaient précis : « *Si tu ne peux pas le sortir, achève-le.* »

De son perchoir en haut de la crête, Bolan se trouvait à quatre cents mètres à peine de Laconia. Il aurait pu l'achever facilement s'il avait disposé de la Mark V Weatherby. La lunette télescopique montée sur la monstrueuse carabine garantissait la cible, même à cette distance.

Mais il n'avait pas pris la Weatherby avec lui. Personne d'ailleurs, et lui moins que les autres, n'avait songé un seul instant qu'il pût en avoir besoin.

Quant au Stoner, il n'était pas assez précis, à cette distance. Il fallait donc s'approcher !

Le bâtiment en béton se trouvait à quarante mètres à peu près de la clôture métallique. Bolan devrait donc avancer jusqu'à moins de quatre-vingts mètres de la clôture. Plus près même, si possible.

L'Exécuteur se dégagea lentement des rochers qui le protégeaient, et descendit le flanc de la montagne de ce pas de fantassin qu'il avait appris aux tout premiers jours de sa vie de combattant.

L'heure de l'action avait sonné.

Il était seulement neuf heures et demie du matin.

CHAPITRE VI

Au même moment, en Virginie, un peu à l'ouest de Washington, une grosse Pontiac de location se présentait devant la grille d'entrée de la ferme de l'Homme de Pierre. Le portail, tout comme la clôture, paraissaient inoffensifs. La clôture ceinturait intégralement les quelque cinquante hectares constituant la propriété. Du portail partait une route en gravier qui disparaissait dans une courbe derrière un épais bosquet de gros bouleaux.

Mais le portail et la clôture étaient beaucoup moins innocents qu'il n'apparaissait. Les deux étaient criblés, de part et d'autre, de cellules photo-électriques et de mini-détecteurs-radio, branchés à l'ordinateur central, dans la salle des communications. Ainsi l'ordinateur enregistrait le passage de petits animaux, déterminait automatiquement leur poids et leur volume, mais n'émettait pas de signal. Bref, la nature était protégée.

Mais dès que se présentait une masse de la taille et du poids d'un homme ou d'un engin à moteur, les choses en allaient autrement. Différentes alarmes silencieuses se mettaient en branle, et la clôture se trouvait électrifiée instantanément, jusqu'à ce que l'ordinateur ait déchiffré et reconnu les différents codes d'identification nécessaires à l'ouverture du système automatique.

L'homme au volant de la Pontiac ne chercha même pas à sortir de son véhicule. Il attendit, le moteur au ralenti.

Une sirène très discrète résonna dans tous les bâtiments de la ferme de l'Homme de Pierre. Dans la salle des communications, l'écran vidéo s'éclaira brusquement, et un message en lettres blanches apparut sur le fond vert :

VÉHIC PONTIAC — SANS CODE IDENTIFICATION — IDENT CHAUF — JAC GRIM — CODE IDENT — 301 IDENT POSITIVE — VÉRIFIÉE — SEUL OCCUPANT VEHIC —
DEMANDE LAISSER PASSER ENTRÉE

Gadgets Schwarz leva un regard soucieux sur Rose d'Avril :

— Que diable vient faire Jack Grimaldi ? Nous l'attendions seulement la nuit prochaine. Il est censé se trouver en Arizona.

— Je n'en sais pas plus que vous, rétorqua la jeune femme.

— Et puis je n'aime pas beaucoup cette bagnole sans code d'identification, marmonna Gadgets.

— Alors, effectuez les vérifications nécessaires !

Gadgets se pencha sur la console et appuya sur quelques touches. Le message sur l'écran disparut, remplacé instantanément par :

CODE 25 — CODE 25 — A-OK — A-OK —

— C'est bon, c'est une voiture de location, reprit Gadgets soulagé.

— Faites-le entrer, dans ce cas.

Gadgets appuya sur la touche d'ouverture du portail, et l'ordinateur transmit l'ordre.

Huit cents mètres plus bas, à l'entrée de la propriété, les deux battants de l'énorme grille se déverrouillèrent automatiquement, avant de s'ouvrir. Jack Grimaldi passa rapidement en première et s'engagea sur le chemin de gravier à vive allure, sans ménager les crissements de ses pneus.

Sur l'écran de contrôle de l'ordinateur, Rose et Schwarz le regardèrent dévorer l'allée.

— Il a l'air drôlement pressé, observa Gadgets.

— En effet, admit Rose. Il semble nerveux. Je vais l'accueillir à la porte, et voir ce qui le tracasse ainsi.

Grimaldi immobilisa brutalement sa voiture devant le perron du bâtiment principal et bondit par la portière pour se ruer vers la porte d'entrée. Mais il n'eut pas le temps de sonner que déjà on lui ouvrait.

— Hello, Jack...

Il s'arrêta net et jeta un regard incendiaire à la belle Rose d'Avril.

— Que signifie tout ce mic-mac ? demanda-t-il d'une voix qui trahissait sa colère. Pourquoi m'a-t-on tenu à l'écart ?

Rose s'efforça de garder son calme :

— A l'écart de quoi, exactement ?

— Oh, n'essayez pas de me la faire, mon chou ! Vous savez très bien de quoi je parle. Mack a filé en mission. Un pilote de la Marine l'a embarqué jusqu'à la mer des Caraïbes, et de là, un hélicoptère l'a largué en douce quelque part. Il paraît que l'on doit tenter de le récupérer cette nuit. Vous voyez que ma montre est à l'heure. Alors pourquoi ne m'a-t-on pas mis au parfum ?

— Nous n'avons pas eu le temps, répliqua Rose. Maintenant entrez. Nous allons vous expliquer ce que nous savons.

Grimaldi la suivit jusque dans la salle de réunion, grommela un vague « hello » à l'adresse de Schwarz, et se contenta d'un hochement de tête à Blancanales. Puis il se laissa tomber dans un fauteuil.

— OK, fit-il. Allez-y, je vous écoute.

— Avant toutes choses, nous avons été pris de court par le temps.

— Ce n'est pas une raison suffisante : j'étais en Arizona pour tester un avion. C'est à moins de deux heures de distance, en Jet. Vous auriez pu m'attendre !

— Hal lui-même nous a assurés qu'il n'y avait pas une minute à perdre. Bolan a filé d'ici trois quarts d'heure avant l'arrivée de Hal. Et la Marine avait préparé ses appareils et ses pilotes avant même que Brognola ait affranchi Mack.

Grimaldi ne paraissait pas absolument convaincu. Depuis qu'il était le pilote personnel de Bolan, l'admiration qu'il éprouvait pour lui s'était peu à peu transformée en une sorte de dévotion, et il admettait mal que son « idole » fût pilotée par d'autres que lui, surtout quand il s'agissait d'une mission particulièrement incertaine. Et puis, il ne supportait pas d'être arrivé trop tard !

Tout comme Gadgets Schwarz avait un don inné pour l'électronique, Grimaldi avait le génie du pilotage. Il pouvait voler sur n'importe quoi, pourvu qu'il y ait des ailes ou un rotor. Bref, c'était un acrobate du ciel, un magicien de la voltige.

Blancanales prit la parole :

— Tu as parlé à Hal ?

— Ouais ! Il est venu m'accueillir à l'aéroport quand j'ai atterri, il y a une demi-heure. Il m'a brièvement expliqué ce qui se passait.

— Alors vous savez bien que nous ne pouvons strictement rien faire, observa tristement Rose d'Avril. Vous allez rester avec nous et compter les heures, comme nous le faisons depuis pas mal de temps déjà.

Mais Grimaldi secoua la tête :

— Vous rêvez, Rose, voyons ! Je vais me tirer là-bas, et en vitesse encore !

— Et cela vous avancera à quoi, au juste ?

Vous compterez les heures là-bas au lieu de les compter ici, c'est tout.

Brusquement, Grimaldi sortit de ses gonds :

— Vous ne comprenez donc rien ! explosa-t-il. Je serai à moins de trois cents kilomètres de lui. Alors d'accord, je ferai le pied de grue, c'est possible ; mais si par hasard il lui arrivait quelque chose, au moins je pourrais aller à sa rescousse.

Rose lança un regard angoissé à Gadgets. Elle comprenait bien les sentiments de Grimaldi ; elle aussi aimait Bolan et aurait donné tout au monde pour se trouver en ce moment même à ses côtés.

Blancanales intervint alors : après tout, on ne l'avait pas surnommé « le Politicien » pour rien.

— Ecoute un peu, Jack. Je me demande pourquoi nous faisons tant de foin. Appelle donc Hal. C'est à lui de prendre la décision. Tu ne crois pas ?

Grimaldi parut hésiter, mais Rose le saisit par le bras.

— Oh, Jack, je vous en prie, supplia-t-elle, appelez Hal !

Et finalement, un peu à regret, le pilote hocha la tête :

— C'est bon, fit-il, où est le téléphone ?

***

Deux heures plus tard, un Fantôme F-4 décollait de la base militaire d'Andrews, pointant son long museau racé vers le ciel. Quand il eut pris suffisamment d'altitude, le pilote brancha le système de navigation automatique.

Le temps était très mauvais, et empirerait sans doute au cours du trajet jusqu'à la base de Howard, sur la rive Pacifique du canal de Panama. Mais Jack Grimaldi se moquait pas mal du mauvais temps : il était un homme heureux !

Rester à se tourner les pouces à la ferme de l'Homme de Pierre ? Très peu pour lui ! Surtout quand il pouvait se tenir prêt à bondir au secours de Mack, si par hasard celui-ci avait besoin d'aide ! Et Dieu merci, Hal Brognola l'avait compris...

Grimaldi volait allègrement dans le ciel tourmenté quand un message partit du Pentagone, et *via* satellite, atteignit presque immédiatement sa destination.

Quelques secondes plus tard, il apparaissait sur le téléscripteur de la base aéronavale de Howard. Au bout de quelques minutes, il était décodé et glissé dans une enveloppe avant d'être remis à l'officier commandant-en-chef de la base.

Le message disait ceci :

> DEST : OF COM CHEF — HOWARD. ZONE CANAL.
> AGENT HOMME DE PIERRE ACTUELLEMENT EN ROUTE SUR JET MARINE — MISSION :
> ASSURER RENFORT HOMME DE PIERRE N° 1 DANS TENTATIVE RÉCUPÉRATION LACONIA. AUTORITÉS

WASHINGTON DEMANDENT MAXIMUM COOPÉRATION — PLEIN SOUTIEN — SATISFACTION TOUTES DEMANDES HOMMES ÉQUIPEMENT RENSEIGNEMENTS.

Le message était signé par un général à quatre étoiles.

CHAPITRE VII

Tout au long de la matinée, le cyclone Frederick poursuivit sa course inexorable sud-sud-ouest, tandis que les vents circulaires, autour de son centre, prenaient une vitesse démentielle.

La tempête toucha l'isthme de Panama quand le cyclone lui-même était encore à des centaines de kilomètres de là. De gros nuages noirs obscurcirent le ciel, et la pluie se mit à tomber avec violence.

Plus près du centre du cyclone, au-dessus des petites îles Caraïbes, la tempête faisait rage, avec des vents en rafales de plus de deux cent vingt kilomètres à l'heure dévastant tout sur leur passage, et des trombes de pluies diluviennes noyant impitoyablement une nature battue, fracassée, démantelée, comme agitée de convulsions démentielles.

Le centre du monstrueux cyclone se déplaçait à une allure qui l'amènerait juste sous l'isthme de Panama aux premières lueurs de l'aube, le lendemain matin ; et sa trajectoire passait exactement au-dessus de la montagne où se trouvait à présent Bolan...

Il était accroupi au bas de la pente, à quelques dizaines de mètres seulement de la clôture métallique encerclant le camp. Il voyait clairement, à moins de cent cinquante mètres, la silhouette pitoyable de Laconia toujours crucifiée contre la paroi de béton.

A cette distance, le Stoner M63 A1 était parfaitement efficace.

Et les ordres étaient clairs, ne laissant aucune alternative à Bolan.

Personne d'ailleurs à Washington — et surtout pas Hal Brognola — n'attendait de l'Exécuteur qu'il lance un assaut kamikaze contre ce camp armé, pour tenter un sauvetage-miracle de l'agent secret. Donc... il fallait achever Laconia.

Bolan épaula le Stoner et observa dans le viseur le corps lamentablement écartelé contre le mur.

La fille avait disparu ; Laconia était retombé dans un état d'inconscience apparent. Sa tête pendait à nouveau sur sa poitrine, et les cordes qui le maintenaient crucifié s'incrustaient profondément dans la chair de ses poignets.

Une légère pression de l'index sur la queue de détente, et Laconia ne saurait jamais qu'une balle l'avait fait sombrer pour toujours dans le grand vide de la mort...

Du reste, peut-être était-ce une bonne action que de l'achever maintenant. Dieu sait quelles mutilations ces infâmes terroristes lui avaient infligées ! Le pauvre type ne survivrait sans doute pas, quand bien mêmc, par un miracle invraisemblable, Bolan parviendrait à le tirer vivant de ce camp.

Pourtant l'Exécuteur n'appuya pas sur la détente...

Depuis le début, Bolan savait qu'il n'achèverait pas Laconia. En tout cas pas avant d'avoir tenté de le sauver par tous les moyens.

Voilà qui changeait diamétralement la situation, non ?

L'Exécuteur eut un sourire amer : après l'énumération des données et leur analyse, il restait à prendre une décision.

Mais pourquoi une décision devrait-elle toujours se fonder sur la logique ? Pour Mack Bolan, avant la logique venait un élément beaucoup plus important, et cet élément s'appelait le sens moral. Un sens moral auquel il avait consacré sa vie, et pour lequel, vraisemblablement, il mourrait un jour. Or ce sens moral lui disait que la vie d'un homme est chose sacrée et qu'on ne la supprime pas à la légère, surtout quand il s'agit d'un être qui se bat du même côté que soi.

Bolan abaissa le Stoner et, rampant comme un crabe, battit en retraite sur sa gauche, pour effectuer une nouvelle reconnaissance circulaire du camp.

Le ciel était très noir maintenant. C'était sans aucun doute l'approche du cyclone Frederick dont avaient parlé les gars de la Marine.

La tempête attendrait-elle que Bolan ait tenté son opération-sauvetage ?

Et Laconia ? Serait-il toujours en vie quand Bolan se serait introduit dans le camp ?

Après tout, pourquoi tant de questions inutiles ? Mieux valait se concentrer pour faire une reconnaissance efficace.

Bolan se remit à ramper, s'immobilisant de temps en temps pour vérifier un détail avec ses puissantes jumelles Bausch & Lombs.

CHAPITRE VIII

Une opération-sauvetage de Laconia impliquait plusieurs choses. Avant tout, Bolan devait trouver une voie d'issue pour sortir du repaire ennemi et aller au point de rendez-vous avec l'hélicoptère de la Marine, le lendemain matin.

D'ailleurs, il ne fallait pas seulement une voie de retraite, mais deux, au cas où la première se trouverait brutalement coupée par l'ennemi ! De toute façon, il ne fallait jamais se mettre dans une situation où il n'y avait pas d'alternative possible.

Il était dix heures et demie quand Bolan quitta le plateau où les Arabes avaient établi leur camp. Il passa le reste de la matinée et tout l'après-midi à reconnaître les alentours.

Un peu avant le coucher du soleil, il déboucha dans une petite clairière, à un kilomètre à peu près du point de rendez-vous avec l'hélicoptère. A l'extrémité de cette clairière, presque nichée contre les arbres, se dressait une pauvre cabane dont le toit était couvert de branchages. Bolan s'en approcha prudemment ; le sentier qui y conduisait était envahi par les lianes : visiblement personne ne l'avait emprunté depuis pas mal de temps. Contre un des murs latéraux de la cabane se trouvait un tas de bois proprement rangé.

Bolan, le Stoner à la main, ouvrit brutalement la porte branlante : la cabane était vide ; il y régnait une pénombre plutôt sinistre, et d'énormes toiles d'araignées pendaient à la charpente du toit ainsi qu'au manteau de la cheminée rudimentaire.

Un refuge de bûcheron, sans doute. Mais celui qui s'en servait ordinairement n'y avait pas mis les pieds depuis des lustres, à l'évidence.

Bolan eut un mince sourire. Voilà qui ferait l'affaire : son QG personnel ! Après tout, il avait connu pire au Viêt-nam ! Et puis cette cabane l'abriterait au moins de la pluie qui s'était mise à tomber, et ne tarderait sans doute pas à redoubler, avec l'approche du cyclone.

L'Exécuteur consulta sa montre : sept heures et demie. La journée s'était écoulée très rapidement, et elle avait été féconde. Sur un rayon de trois kilomètres autour du camp ennemi, il connaissait le terrain dans ses moindres détails. Mieux que les Arabes, très probablement...

*
**

Khatib al Sulieman était seul dans la petite baraque qui lui servait à la fois de logement et de QG. Il dormait sur un étroit matelas posé à même le sol, au fond de la pièce, et son bureau était une planche de bois brut, sur des tréteaux.

Ahmad et Fuad se trouvaient à présent dans le bâtiment de béton pour mettre au point les ultimes détails du programme que traiterait tout à l'heure le gros ordinateur.

Quant à Soraya, Allah seul savait où elle était ! Elle avait tant changé, ces derniers jours, songeait Khatib avec amertume. Que restait-il de la jeune Libanaise farouche, violente, passionnée qu'il avait connue deux ans plus tôt ? Elle n'était plus la même... depuis qu'ils avaient capturé cet espion américain hérétique, et qu'Ahmad l'avait cuisiné pour le faire parler...

Khatib réprima un juron et chassa Soraya de ses pensées. Des choses importantes l'attendaient aujourd'hui ! Demain probablement verrait le couronnement de tous ses efforts, de tous ses plans. Alors le nom de Khatib al Sulieman serait célèbre dans la totalité du monde islamique !

Cette pensée le fit sourire.

Khatib al Sulieman, vingt-neuf ans. Né dans la Bande de Gaza, de parents réfugiés palestiniens, qui plus tard avaient fui en Syrie.

Oh, Khatib n'avait pas oublié ces années de misère ! Tout au long de son enfance, il avait eu tellement faim... A l'école — un taudis en tôle ondulée minuscule et puant —, il avait appris à lire et à écrire l'arabe. Et il avait appris également à haïr les Israéliens...

Oui, Khatib était malin. Outre ce que lui enseignaient les *mullahs* à barbe grise, c'était à l'école qu'il avait appris le maniement d'un fusil...

Quand il avait dix ans, les *fedayins* lui montrèrent comment se servir d'un fusil d'assaut Kalashnikov AK 47, et très vite il sut le démonter puis le remonter en quelques minutes seulement.

L'année de ses quatorze ans, il effectua son premier raid, la nuit, contre un kibboutz du Golan. Ils partirent à cinq, mais Khatib fut le seul à revenir vivant. Les Israéliens avaient massacré les quatre autres. Khatib retourna dans son camp, claironnant qu'il avait fait trois victimes. Mais il omit de mentionner qu'il s'agissait de deux enfants, et d'une très vieille femme.

A seize ans, il balança des charges de plastic dans un parking d'automobiles de Tel-Aviv, et dans un autre de Jerusalem. Ces deux attentats firent au bas mot cinquante victimes. Hélas, douze d'entre elles au moins étaient arabes.

Mais Khatib était également doté d'une intelligence brillante. A dix-neuf ans, il entra à l'Université de Beyrouth, et décrocha, l'année suivante, une bourse pour l'Institut des sciences économiques de Londres. Il obtint son diplôme avec mention à vingt-trois ans, mais ne retourna pas en Syrie. L'OLP était une organisation beaucoup trop tranquille pour lui.

La révolte et la violence qui le dévoraient de l'intérieur avaient besoin pour s'exprimer d'un cadre infiniment plus radical que celui de l'OLP.

Mossad, l'équivalent israélien de la CIA, le retrouva quelque temps plus tard en Allemagne, plus ou moins associé à la Bande à Baader.

On le trouva aussi, un peu plus tard, mêlé à certains événements spectaculaires revendiqués par les Brigades Rouges, en Italie.

Bref, sa trace était incertaine, mais on parlait souvent de lui, dans les milieux terroristes. On le disait d'une intelligence brillante, d'une clairvoyance satanique...

Et brusquement, il disparut complètement.

Il venait alors de rencontrer Soraya. Soraya Naseer.

Et, par Allah, quelle femme ! Oh, elle ne s'habillait pas à l'européenne, comme beaucoup de Libanaises, et ne portait pas non plus ces amples *djellabah* dont se drapent pudiquement les femmes syriennes, pour se soustraire aux regards concupiscents des hommes.

Non, Soraya s'habillait comme un homme, et agissait comme un homme ; et son cœur débordait d'une haine aussi tenace que celle qui consumait Khatib...

Soraya était aussi une fabuleuse maîtresse. Jamais Khatib n'avait possédé une femme comme elle ; il avait de la chance qu'elle l'ait choisi pour amant, il le savait !

C'était Soraya qui l'avait décidé à entreprendre son grand projet. Bien sûr, l'idée initiale venait de lui, mais la jeune femme l'avait aidé à en entrevoir les fabuleux prolongements. Car si le projet réussissait, les Aigles Révolutionnaires deviendraient du même coup un groupe de terroristes célèbre et puissant.

D'abord, ils seraient immensément riches, et ne dépendraient plus du bon vouloir épisodique de tel ou tel sheik arabe. Sans parler de Kadhafi, ce fanatique libyen, le plus fou de tous !

Khatib et Soraya avaient donc recruté ensemble les hommes dont ils avaient besoin. Et d'abord Ahmad Mashir et Fuad al Shawwa.

Ahmad : né en plein désert, avec au cœur une soif de sang bien digne de ses ancêtres touaregs. Mais Ahmad avait également fait ses études à l'Université de Cambridge, où il avait obtenu un diplôme d'ingénieur.

Fuad al Shawwa : un jeune homme trapu, costaud, avec un visage constellé de traces de petite vérole. Le physique d'un égorgeur de bas quartiers. Et un cœur dur comme de la pierre. Fuad, lui, avait fait ses études à l'Université de Stanford, où il avait obtenu un diplôme d'ingénieur électronicien spécialisé en informatique. C'était lui qui avait conçu l'énorme installation, dans le bâtiment en béton, ainsi que la gigantesque antenne en forme de disque incurvé, qui maintenant tournait lentement dans le ciel, cherchant à intercepter un satellite américain placé sur orbite.

Demain, l'antenne radar l'aurait rejoint...

Et demain, le gros disque détournerait le satellite pour piller les informations supersecrètes qu'il convoyait. Des informations de la plus haute importance, capables de changer l'équilibre du monde en quelques heures...

Dès que Khatib aurait déchiffré ces informations, il saurait très précisément où et quand balancer ses cinq missiles mortels... Et l'Amérique, avec toutes ses richesses, sa puissante technologie et sa maîtrise de l'espace tomberait à genoux... implorant la miséricorde d'Allah... implorant aussi qu'on lui fournisse du pétrole, même au compte-goutte...

CHAPITRE IX

Tout au long de l'après-midi, le cyclone Frederick avait progressé. Le ciel maintenant était couvert d'énormes nuages noirs menaçants, et si la pluie n'était encore qu'un fin crachin, tout était humide, gorgé d'eau. En outre, depuis peu, le vent s'était levé, et secouait avec violence les feuilles des arbres trempées de pluie.

Neuf heures. L'Exécuteur s'apprêta à sortir. Une fois encore, pour Mack Bolan, l'heure avait sonné de jouer sa vie...

Pourtant il aurait pu remplir la mission présente sans courir aucun risque, s'il avait décidé d'achever Laconia. Mais, instinctivement d'abord, puis délibérément, il avait choisi de sauver l'agent secret. Il se retrouvait donc, une fois de plus, seul face à un ennemi puissant et sans pitié. Seul à affronter le danger. Seul à lancer le défi...

Bolan eut un sourire amer, cette nouvelle guerre — contre un ennemi nouveau — ne différait pas beaucoup de toutes les batailles sanglantes qu'il avait menées jusqu'ici !

Il sortit de la cabane de bûcheron, et s'enfonça dans l'obscurité poissée d'humidité. Il portait son barda bien serré sur son dos et tenait dans sa main droite le Stoner, un peu plus pesant que d'habitude à cause du chargeur de cent cinquante balles d'aluminium lourd que contenait son magasin.

Il prit une profonde inspiration et consulta un instant la boussole à son poignet pour s'orienter. Il voulait atteindre la masse sombre du sommet de la montagne, à deux kilomètres de là. Il avançait rapidement, s'aidant de temps à autre du mince faisceau lumineux de sa lampe de poche à peine plus grosse qu'un stylo.

Trois quarts d'heure plus tard, Mack Bolan s'accroupissait à une quinzaine de mètres de la clôture métallique du camp. Et cette fois-ci, c'était l'obscurité qui le dissimulait.

Il portait à présent sa combinaison de combat, s'était noirci le visage et les mains, et avait chaussé des sandales de caoutchouc, sombres également. Le gros Auto-Mag 44 était niché dans son baudrier contre sa hanche droite, suspendu à la ceinture militaire, et le Beretta Brigadier surmonté d'un silencieux était comme à l'ordinaire, placé sous son aisselle gauche, dans son étui. Un sac accroché à la ceinture militaire contenait des chargeurs supplémentaires pour les deux armes, et les poches de la combinaison noire recelaient toutes sortes d'accessoires, y compris un stylet mortel, fin comme une aiguille.

Bolan avait abandonné le Stoner et son barda au pied d'un arbre mort, cinquante mètres derrière lui. Il projetait en effet une infiltration en douceur et voulait sortir Laconia du camp, sans que les terroristes s'aperçoivent de sa disparition. Car s'il déclenchait la bagarre, il n'avait aucune chance de sortir vivant de ce camp, et par là même aucune chance de sauver l'agent secret.

Il essuya soigneusement les verres de ses jumelles tout embués d'humidité, et observa d'abord les sentinelles : elles étaient disposées exactement comme le matin, au petit jour. Mais les hommes étaient trempés à présent, et faisaient leur ronde sans conviction aucune, courbant l'échine contre le vent.

Des sentinelles, ces hommes-là ? Ils ressemblaient davantage à de pauvres bougres attendant sans le savoir un sort fatal et définitif...

Mais pas dans l'immédiat. Plus tard, peut-être...

Sans un bruit, le sombre combattant de la nuit fit le tour du camp, à moins de vingt mètres de la clôture métallique. Une demi-heure de progression silencieuse l'amena à l'arrière du repaire ennemi, du côté du flanc de la montagne.

Bolan s'accroupit et sortit ses jumelles pour inspecter le mur arrière du bâtiment en béton. Celui sur lequel il avait vu Laconia écartelé, le matin.

Il le passa lentement en revue, fronça les sourcils et, nerveusement, vérifia le réglage des jumelles.

Bon Dieu ! Le mur était vide, à présent !

Laconia avait disparu. Bolan observa une nouvelle fois la paroi de béton, et repéra les quatre pitons fichés dans le mur auxquels l'agent secret était ligoté quelques heures plus tôt. Quand donc l'avait-on enlevé, et pourquoi ?

Bolan sentit monter en lui un violent accès de rage : avait-il fait échouer sa mission ? En suivant son instinct, il avait peut-être permis à l'ennemi d'extorquer à Laconia des informations que l'agent jusqu'alors avait réussi à taire.

Laconia vivait-il encore, ou l'avait-on enlevé parce qu'il était mort ?

Bolan jura entre ses dents. Il se retrouvait à son point de départ : *trouver Laconia !*

Il remit les jumelles dans leur étui, accroché lui aussi à la ceinture militaire, et se glissa sans bruit jusqu'à la clôture, après s'être assuré que la sentinelle était presque à l'extrémité de sa ronde.

Il s'allongea à plat dans l'herbe, sortit une pince coupante et s'attaqua aux fils métalliques. Sans hésiter, puisqu'il s'était assuré le matin que la clôture n'était pas électrifiée.

En moins de trois minutes, il avait découpé une brèche juste assez haute pour lui permettre de se glisser dans le campement en rampant.

Une fois à l'intérieur, il se remit debout et traversa aussi rapidement que possible le terrain découvert entre la clôture et le bâtiment de béton. Il courait à toutes jambes, à peu près sûr de ne pas se faire repérer, quand un curieux éclat métallique, à terre, attira son regard. Il se baissa vivement et palpa de la main le métal froid. Deux barres parallèles qui couraient sur le sol : des rails ! Il se redressa, et s'efforça de sonder l'obscurité pour voir d'où venaient ces rails insolites, et où ils menaient.

Or sur la gauche, à quelques mètres de là, se dressaient deux silhouettes étranges, informes : elles mesuraient au moins six mètres de haut, et détachaient leurs masses plus sombres contre l'obscurité de la nuit, tels deux totems flous, vaguement menaçants.

Brusquement, Bolan reconnut l'odeur : une odeur âcre de toile goudronnée qui, sans doute, recouvrait ces mystérieux objets, les protégeant et les dissimulant à la fois. Alors tout devint évident : sous la toile se dressaient deux superbes engins longs, racés, en bel acier poli : des missiles sol-air !

Le regard de Bolan s'attarda quelques instants encore sur les grands spectres menaçants avant d'en discerner plusieurs autres, un peu plus loin : cinq ou six en tout, probablement. Et l'odeur de carburant mêlée à celle du nitrogène suggérait clairement que ces engins de mort étaient prêts à filer, parés pour l'attaque... A voir leur dimension, ils avaient une puissance énorme et une portée d'au moins trois cents kilomètres. Etrange découverte, en vérité, dans ce coin perdu de Colombie...

Bolan reprit sa course jusqu'au gros bâtiment de béton. Une lumière jaunâtre s'échappait d'une petite ouverture, à un mètre cinquante du sol environ. L'Exécuteur s'accroupit au pied du mur sous la fenêtre, puis lentement se redressa pour risquer un coup d'œil rapide à l'intérieur. Il replongea immédiatement à terre, essayant d'intégrer ce qu'il avait aperçu.

La pièce était bourrée de matériel informatique : deux murs disparaissaient derrière d'énormes armoires métalliques peintes en gris. Il y avait également deux imprimantes rapides, et deux écrans-claviers.

Plutôt inattendu, non ? Décidément ce campement était une véritable caverne d'Ali Baba ! Mais Bolan n'eut pas le temps de cogiter davantage. Son oreille remarquablement entraînée venait d'entendre un pas : quelqu'un contournait le bâtiment en béton.

Le Beretta prolongé d'un silencieux jaillit presque automatiquement dans sa main droite tandis que, du même geste, il en faisait sauter le cran de sécurité. Bolan était prêt quand la sentinelle surgit à l'angle du mur. Pourtant il n'appuya pas sur la détente ; depuis le début il voulait une infiltration en douceur et, à moins d'y être obligé, il ne tirerait pas pour ne pas risquer de se faire repérer.

Cependant, les événements devaient se dérouler autrement.

La sentinelle avançait contre le vent, courbant la tête. Brusquement elle s'immobilisa, se redressa et regarda brutalement à gauche, puis à droite, tandis que le fusil d'assaut Kalashnikov balayait l'espace devant elle. Bolan entendit alors le bruit du cran de sécurité. C'était clair : la vie de la sentinelle contre la sienne ! Et les secondes étaient comptées !

Le Beretta siffla lourdement, et le gros projectile propulsa illico le terroriste arabe dans une éternité sans rêves. En une fraction de seconde, le tueur allait enfin découvrir si le Paradis était bien peuplé de *houris*, comme l'avaient promis les *mullahs* de son enfance.

Bolan bondit avant même que l'Arabe ne se soit effondré à terre et rattrapa la Kalashnikov au vol. Puis la sentinelle s'affala, grotesque, le visage tourné vers le ciel, les bras en croix.

Bolan s'accroupit vivement à côté du cadavre : il avait un petit trou en plein front, et un énorme à l'arrière du crâne, Bolan le savait. L'os avait explosé, la cervelle avait giclé.

Après tout, la mort c'était toujours la même chose, et Bolan n'allait pas s'attarder des heures sur les dégâts d'une 9 mm en acier dans un crâne humain. Il se contenta donc de traîner le cadavre jusqu'au pied du mur de béton, pour qu'on ne le découvre pas trop rapidement.

Mais à présent, il n'y avait pas une minute à perdre pour retrouver Laconia. Quelqu'un ne tarderait pas en effet à s'apercevoir qu'une sentinelle manquait. Au plus tard, on s'en rendrait compte au moment de la relève.

Alors où avait-on caché l'agent secret ?

Certainement pas dans les deux bâtiments, qui ressemblaient à des casernes. Donc, par déduction logique, très probablement dans une des cahutes en tôle, sur le côté. Deux d'entre elles étaient d'ailleurs éclairées. La troisième au contraire était plongée dans l'obscurité.

Bolan jeta d'abord un regard circulaire au campement, puis se rua sur la plus proche éclairée.

A nouveau, il s'accroupit au pied de la paroi latérale où était percée une petite fenêtre. Et à nouveau il se redressa doucement pour risquer un coup d'œil à l'intérieur, avant de se coller au sol

Pour la seconde fois depuis le début de la mission, il venait de voir Khatib al Sulieman, l'homme dont on lui avait montré le visage sur une diapositive, au cours du briefing de Brognola.

Vu de la fenêtre, l'Arabe se présentait de profil, attentivement penché sur un bureau de fortune, occupé à écrire.

Là encore, Bolan avait une occasion rêvée de débarrasser le monde de cet homme sanguinaire. Il lui suffisait d'une légère pression sur la détente du Beretta.

Facile, oui... seulement ce n'était pas l'objectif de la mission : trouver Laconia et le sauver, tels étaient les ordres prioritaires.

Washington avait grand besoin des renseignements que détenait Laconia. Dans l'immédiat, la mort de Khatib al Sulieman était moins urgente.

En outre, si Bolan tuait le chef arabe, la première personne qui pénétrerait dans sa cahute en ressortirait aussitôt pour sonner le branle-bas de combat, et les chances pour l'Exécuteur de sortir vivant de ce camp avec l'agent secret seraient pratiquement nulles.

Enfin, désormais Bolan désirait découvrir pas mal de choses sur ce Khatib al Sulieman et sa bande de terroristes. On verrait ensuite à les anéantir en temps voulu.

De quel groupe terroriste s'agissait-il exactement ? Et d'où tirait-il ses subsides, pour avoir pu installer, au fin fond de la Colombie, une base dotée de plusieurs missiles sol-air, d'une antenne radar capable de traquer les satellites, d'une énorme installation informatique, et d'un générateur assez gros pour produire l'énergie nécessaire à l'alimentation d'une ville de moyenne importance ?

La topographie du camp rappelait à Bolan certains plans de stations de communication intersatellites. Ces stations étaient aujourd'hui des cibles de choix dans la course à l'espionnage spatial à laquelle se livraient l'Est et l'Ouest, depuis les années 70.

Pour l'équipe de l'Homme de Pierre, ces stations n'avaient d'ailleurs plus de secrets. Elles constituaient des atouts majeurs dans la manche des grandes puissances, et par conséquent les hommes de Bolan s'y étaient beaucoup intéressés. Mais découvrir une station de ce type enfouie en plein cœur de la Colombie, créée et exploitée sans contrôle aucun par un groupe terroriste, voilà qui faisait dresser les cheveux sur la tête !

Hélas, le temps était compté. Bolan contourna la cahute en rampant et tomba brusquement sur un tas de gravats prolongé par un petit édifice à peine éclairé et doté d'un minuscule fenestron.

A nouveau il jeta un regard prudent à l'intérieur : une ampoule nue projetait une lumière vacillante sur des tas de vêtements, des cartons, des caisses et de volumineux paquets enveloppés de plastique : un local de stockage, sans doute, et qui valait la peine que l'on y regarde de plus près.

La porte mal ajustée s'ouvrit miraculeusement sans grincer. Bolan entra ; sa rapide inspection confirma aussitôt ses soupçons : le sondeur électronique, l'équipement sonar, les canots en caoutchouc gonflables, une caisse contenant huit mines étanches... Bref, les toutes dernières sophistications de l'artillerie sous-marine !

Quant aux tas de vêtements, c'était des uniformes de marque soviétique. Pourtant les hommes de ce camp n'étaient pas des communistes : de toute évidence, ils étaient des terroristes arabes indépendants. Alors ces uniformes ? Bizarre, tout de même.

Du reste, cette base en elle-même était bien l'endroit le plus insolite de toute l'Amérique du Sud ! Décidément, en cherchant Laconia,

Bolan avait levé un lièvre d'envergure ! Une véritable bombe soigneusement programmée, qui ne manquerait pas de sauter dès que l'on appuierait sur le bouton. Bolan, bien sûr, aurait aimé l'anéantir sur-le-champ, la rayer de la surface du globe avant qu'elle ne propulse ses germes de mort et de destruction parmi des populations d'innocents...

Du calme ! Ne rien faire à la légère. Programmer, prévoir, planifier... et passer à l'action ensuite.

L'Exécuteur sortit sans bruit du local de stockage et regagna en rampant la fenêtre de Khatib al Sulieman. D'une des poches de la combinaison noire, il sortit un récepteur-émetteur miniaturisé : le dernier joujou de Gadgets Schwarz, qui appelait ces engins, pas plus gros qu'un bouton de chemise, ses « cafards ». Une merveille de technique, avec une face autocollante et une puissance de transmission sur près d'un kilomètre.

Bolan colla le cafard tout en bas de la vitre, dans l'angle gauche. Le panneau de verre amplifierait les sons à l'intérieur de la cahute, et le cafard transmettrait en toute sécurité.

L'Exécuteur s'accroupit à nouveau sur le sol, et observa rapidement le campement : pas de trace de sentinelle. Il se redressa pour courir à grandes enjambées jusqu'à la seconde baraque éclairée.

Cette fois, par la fenêtre, il aperçut deux hommes. L'un d'eux était celui qu'il avait vu marcher dans le camp avec Khatib al Sulieman, le matin. L'autre lui était inconnu. Les deux individus discutaient avec animation.

Une minute suffit à Bolan pour installer un second cafard contre la vitre de la cahute. Après quoi il sortit d'une de ses poches un mini-écouteur relié à une batterie pas plus grosse qu'un paquet de cigarettes, et installa le petit appareil dans son oreille, après l'avoir dûment branché à la batterie.

Les deux hommes en effet discutaient... mais ils parlaient arabe !

Bolan eut un mince sourire de dérision pour lui-même : à quoi s'attendait-il donc ? A les entendre vociférer en anglais ?

En tout cas, Laconia n'était pas détenu dans cette cahute non plus. Le coup d'œil que Bolan avait jeté à l'intérieur l'en avait assuré.

Il ne restait donc plus que la baraque plongée dans l'obscurité.

Le temps était vraiment compté maintenant, et il n'en restait sans doute plus beaucoup avant que l'on ne remarque la disparition de la sentinelle.

Bolan, pour la troisième fois, regarda attentivement le centre du campement. La cabane sombre se trouvait de l'autre côté. Il lui faudrait donc courir à découvert, espérant que personne ne le verrait.

Mais il n'allait tout de même pas prendre de risques inutiles. Il rampa d'abord jusqu'au bâtiment de béton pour s'assurer que la sentinelle gisait toujours dans l'ombre, au pied du mur.

Après quoi il prit une profonde inspiration et se rua à découvert, le rugissement du vent couvrant le bruit de sa course précipitée.

Arrivé dans l'ombre de la petite baraque en tôle, il se plaqua contre une des parois, cherchant à retrouver son souffle. Tout était sombre à l'intérieur. Inutile donc de risquer un œil par la petite fenêtre. Mais Bolan possédait un autre moyen d'investigation : un troisième cafard trouva instantanément sa place sur le carreau de verre de la fenêtre, et le mini-écouteur la sienne dans l'oreille du grand homme en noir.

Bolan brancha ensuite la batterie, et...

Un murmure... Une voix douce, presque tendre... Un bruit léger, un peu comme de l'eau que l'on agite.

La voix se fit un peu plus forte, mais toujours chuchotante. Une voix de femme... et qui s'exprimait en anglais :

— ... Je les hais... Jamais... Jamais je n'aurais cru qu'ils agiraient ainsi... Calmez-vous... Reposez-vous... Je vais vous rafraîchir le visage.

Bolan entendit le bruit de l'eau à nouveau : un clapotis léger.

Puis une voix d'homme rauque, épuisée, se fit entendre. En un murmure, elle aussi.

— ... Qu'imaginiez-vous... ?

L'homme réprima à demi un gémissement de souffrance, avant de reprendre :

— Vous pensiez que ce serait différent ?

— Je ne sais pas. J'avais la tête pleine de

grandes idées... Révolution, Justice, Liberté... De la philosophie, en fait. De la théorie.

— Mais vous saviez pourtant qu'il vous faudrait... tuer.

— C'est si facile quand on se contente d'en parler ! Oh oui, la mort de ceux qui oppriment mon peuple ne m'effrayait pas. Mais... jusqu'à présent... jamais je n'avais vu de...

— De torture, vous voulez dire ?

Laconia ! C'était lui, pas de doute !

— Ce... ce qu'ils vous ont fait... c'est ignoble... inhumain... J'ai essayé de me boucher les oreilles... mais il y a des limites, tout de même !

La fille pleurait presque maintenant.

— Je... je ne me savais pas si... enfin, si sensible ! J'ai honte de moi... Je pensais que nous nous battions pour une plus grande justice, pour éviter que des êtres humains ne soient torturés par des polices secrètes... Mais nous ne valons pas mieux que les autres... vous ne croyez pas ?

A nouveau, Laconia gémit de douleur, et la fille observa tristement :

— Oh, j'aimerais tellement vous soulager !

— Vous en avez déjà beaucoup fait pour moi... Merci...

Laconia avait du mal à articuler, à présent. Bolan en avait suffisamment entendu, de son côté.

Il contourna rapidement la petite cahute, et d'un bond passa le seuil de la porte restée ouverte. L'intérieur était plongé dans l'obscurité.

— Si vous désirez vous rendre plus utile, déclara-t-il d'une voix froide, tranchante comme de l'acier, aidez-moi donc à sortir cet homme de ce camp.

Il entendit la fille étouffer un hoquet de surprise. Aussitôt, il alluma sa minuscule torche électrique et reconnut le visage sidéré de la jeune femme qu'il avait vue avec Khatib al Sulieman, le matin.

Elle le regarda, les yeux écarquillés de stupeur, notant la combinaison noire et la panoplie d'armes mortelles. Puis elle ouvrit la bouche comme pour pousser un hurlement d'effroi, mais Bolan l'arrêta d'un geste de la main :

— Non, pas un son ! Si vous voulez parler, contentez-vous de chuchoter.

— Qui... qui êtes-vous ? balbutia-t-elle sans le quitter des yeux.

— Un ami. Consentez-vous à m'aider à sortir cet homme du camp ?

— Je...

Elle hésitait, bien entendu. Parler était une chose, agir en était une autre.

— Alors, oui ou non ? insista Bolan.

Laconia à ce moment se souleva péniblement sur un coude et, regardant la grande silhouette sombre, demanda, d'une voix à peine audible :

— Qui... qui êtes-vous ?

— Colonel John Phoenix, répliqua Bolan sans quitter la fille des yeux.

— Nom... nom de code ? réussit à articuler Laconia.

— Homme de Pierre. Je suis l'Homme de Pierre numéro 1.

Laconia retomba mollement sur son matelas.

— Merci, mon Dieu ! soupira-t-il.

— Alors ? fit Bolan en continuant de fixer la fille. J'attends votre réponse.

Elle secoua tristement la tête.

— Je... je ne peux pas vous aider. Si Khatib apprenait que j'ai trahi, il me tuerait. Mais je ne ferai rien pour vous arrêter.

— Elle... elle est sincère, murmura péniblement Laconia.

— Elle peut tout de même donner l'alarme, dès qu'elle nous aura quittés, observa sèchement Bolan.

— Je vous promets que je n'en ferai rien ! s'exclama la fille. Je vous le jure même, sur le Saint Coran !

Son regard suppliait Bolan de la croire et de lui confier sa vie ainsi que celle du prisonnier.

Pourtant c'était une révolutionnaire. Une vraie. Et de surcroît, elle combattait aux côtés d'un des chefs terroristes les plus implacables : Khatib al Sulieman. Or Bolan savait que les femmes, dans les mouvements révolutionnaires, étaient encore plus fanatiques, plus passionnément aveugles que les hommes.

Et cependant...

Il avait vu celle-ci tenir tête au chef arabe. Et il l'avait vue aussi apporter de l'eau au pauvre Laconia agonisant, ce matin; tout comme ce soir, à l'insu de tous, elle s'efforçait de le soulager.

Mais surtout, il l'avait entendue parler à Laconia, ignorant que Bolan l'écoutait. Peut-être n'était-elle pas aussi endurcie qu'elle le croyait ? Pour la première fois de sa vie, elle avait assisté à la torture d'un être humain, et, sans aucun doute, ce spectacle monstrueux l'avait profondément bouleversée.

Oh, bien sûr, on lui avait appris à placer des bombes dans des immeubles remplis d'innocents. Mais c'était là chose facile, si on se trouvait à plusieurs kilomètres de distance quand l'engin explosait, loin du spectacle révoltant des victimes. Observer la souffrance humaine était une autre affaire! Regarder sans ciller la chair humaine découpée, arrachée, meurtrie, mutilée, brûlée; entendre les hurlements de souffrance de la victime, la voir lentement devenir folle de douleur : c'est là un spectacle que peu d'êtres humains sont capables de supporter sans en concevoir un intense sentiment de révolte.

Soraya, apparemment, n'avait pas pu le supporter.

Elle faisait probablement une « crise de conscience »...

La fille le regardait avec une lueur d'espoir dans ses grands yeux sombres, et Bolan comprit brusquement que, s'il lui faisait confiance, elle aussi remettait sa vie entre ses mains.

Confiance réciproque. Après tout, pourquoi pas ?

— Comment vous appelez-vous ?

— Soraya. Soraya Naseer.

— C'est bon, Soraya, je vous crois. A votre avis le blessé est-il en état d'être transporté ?

Elle haussa les épaules.

— Il a été très maltraité, et je n'ai pas de quoi le panser. J'ai pourtant fait tout ce que j'ai pu. Maintenant sa vie dépend d'Allah... et de vous.

Le grand homme noir s'agenouilla près du matelas. En un seul mouvement souple et puissant, il souleva Laconia et le bascula doucement en travers de son épaule, un peu comme un pompier transporte un blessé inconscient.

Soraya avança jusqu'à la porte. Là, elle hésita, et se retourna.

— Comment vous êtes-vous introduit dans le camp ?

— J'ai découpé une brèche dans la clôture, derrière le bâtiment en béton.

— Et vous aimeriez repartir par le même chemin, je suppose ?

— Exact.

— Dans ce cas, je vais sortir la première. Si j'aperçois quelqu'un dans le camp, je crierai. Et si vous m'entendez, vous comprendrez qu'il y a un danger.

Sans attendre la réponse, elle disparut dans la nuit.

En définitive, malgré ce qu'elle avait dit, elle allait donc aider Bolan. A moins, bien entendu, qu'elle ne mente !

Bolan gagna la porte à son tour. Dehors, tout était sombre. Une pluie légère continuait de tomber, détrempant le sol. Soraya n'était visible nulle part. Sans doute avait-elle disparu derrière la cabane.

Il était temps d'agir, maintenant ; temps de sortir sous la pluie, et de se rendre compte si la fille avait dit la vérité... ou si elle les avait doublés...

Il dégaina le gros Auto-Mag 44 et le prit dans sa main droite, faisant sauter le cran de sécurité.

Puis doucement, sans bruit, sans à-coups, il sortit dans la nuit d'encre.

CHAPITRE X

La pluie, poussée par le vent en rafale, lui cingla le visage, l'obligeant à cligner des yeux. Bolan glissa pourtant le long du mur de la cahute pour gagner la construction de béton et, de là, son unique voie d'issue du camp.

Soraya n'était nulle part en vue.

Instinctivement, il resserra sa main sur le gros Auto-Mag, et dressa l'oreille, cherchant à discerner le bruit d'un pas...

Mais rien.

Il atteignit le mur arrière du bâtiment en béton. Le corps de Laconia, sur son épaule, pendait mollement ; le pauvre gars avait perdu connaissance, et peut-être cela valait-il mieux : au moins, il ne souffrait plus.

Le cadavre de la sentinelle gisait toujours au pied du mur où Bolan l'avait traîné.

Le grand homme vêtu de noir prit une profonde inspiration, s'apprêtant à franchir la dernière étape de terrain découvert jusqu'à la brèche qu'il avait aménagée dans la clôture.

Il entendit alors un bruit très faible, à peine

perceptible, et se raidit instantanément, tandis que le canon de l'Auto-Mag se dressait, et que son doigt se crispait sur la queue de détente.

— C'est moi... Soraya.

La silhouette de la jeune femme apparut, floue, incertaine dans la nuit.

— J'ai failli vous tuer, murmura Bolan d'une voix rauque.

Elle s'approcha sans bruit.

— C'eût été du suicide, chuchota-t-elle. En tirant, vous auriez réveillé le camp tout entier.

Elle indiqua ensuite de la main le corps de la sentinelle.

— Vous ne pouvez pas le laisser ici, fit-elle dans un souffle. Ils le trouveront très vite, et fileront à vos trousses.

— Je n'ai pas la moindre intention de l'abandonner, rétorqua Bolan avec un mince sourire que la fille ne vit d'ailleurs pas. Mais je veux d'abord mettre ce pauvre bougre à l'abri.

— OK. Eh bien, je dois y aller, maintenant. Qu'Allah vous garde !

Soraya se fondit dans la nuit, et le bruit de son pas se perdit dans celui du vent et de la pluie qui s'abattait sur le sol.

Bolan bascula un peu le corps de l'agent inconscient pour lui trouver une position moins inconfortable, puis il jeta un œil prudent à l'angle du mur : la sentinelle était toujours à son poste, le dos tourné à Bolan. C'était le moment de foncer jusqu'à la clôture.

Une demi-douzaine de longues foulées sou-

ples et silencieuses lui suffirent. S'agenouillant au pied de la clôture, il déposa doucement Laconia sur le sol détrempé. Il écarta ensuite d'un geste sûr la brèche ouverte un peu plus tôt dans le grillage, se glissa de l'autre côté, et tira jusqu'à lui le corps toujours inanimé de l'agent secret.

Il le reprit alors délicatement dans ses bras, et attaqua le flanc de la montagne, pour dissimuler son précieux fardeau derrière les rochers de la crête.

Il arriva là-haut le souffle court, et à nouveau déposa doucement le corps de Laconia à même le sol, tout en étouffant un soupir de soulagement : voilà qui était terminé !

Terminé ? Bolan ne put réprimer un rictus grinçant : il restait encore à sortir du camp maudit le cadavre un peu trop éloquent de la sentinelle...

Vingt minutes plus tard, l'Exécuteur balançait dans un petit ravin, non loin de la clôture, le corps déjà raidi du terroriste arabe.

Il se redressa pour reprendre son souffle : cette seconde pénétration avait été menée à l'arrachée ! Bolan était retourné au camp, avait rampé jusqu'à la sentinelle dont il avait d'abord pris le fusil d'assaut AK 47. Il avait ensuite déboutonné la chemise du mort, de manière à en ramener les pans sur son crâne fracassé. Puis, d'un mouvement rapide, il avait soulevé le corps dans ses bras et s'était rué jusqu'à la brèche dans la clôture. Son timing, une fois encore, était parfait : la sentinelle de

service était à l'extrémité de sa ronde, le dos tourné. Il avait donc réussi sa sortie et celle de son fardeau exactement de la même manière que la première fois. Et, à trente mètres à peu près de la clôture, il avait découvert ce petit ravin providentiel et s'était débarrassé rapidement du cadavre sans l'ombre d'un remords : un fanatique sanguinaire de moins qui, pour servir son idéal de mort et de violence, s'était aventuré de l'autre côté du globe afin d'y semer la terreur et la dévastation. Tant pis pour lui !

Bolan grimpa rapidement jusqu'à l'endroit où gisait le corps de Laconia toujours sans connaissance. Il le hissa de nouveau sur son épaule et consulta d'abord sa boussole puis sa montre.

La cabane était sud-sud-ouest. Il était temps d'y retourner au plus vite. D'autant que la clairière qui l'entourait était bien assez vaste pour permettre à un hélicoptère d'atterrir ; elle était toute proche aussi du point fixé pour le rendez-vous de l'appareil de la Marine. Peut-être l'hélicoptère pourrait-il s'y poser et récupérer l'agent secret...

Mais le problème essentiel n'était pas vraiment là. Combien de temps faudrait-il au cyclone pour arriver jusqu'ici ? Quelles étaient les chances de survie de Laconia, vu l'état lamentable où il se trouvait ? C'étaient bien les deux seules vraies questions.

Tout en réfléchissant, Bolan avait effectué un large tour du campement ennemi, et se

trouvait maintenant sur la route d'accès redescendant le flanc de la montagne. Il avançait beaucoup plus vite à présent, mais à chaque pas, il sentait le corps de Laconia se raidir de souffrance.

L'agent secret n'était pas en condition brillante ! Il fallait le mettre à l'abri et lui donner des soins de toute urgence.

Bolan accéléra encore le pas, s'efforçant de maintenir des foulées souples, sans à-coups. Il était fermement décidé à mettre tout en œuvre pour conserver en vie ce pauvre Laconia. Mais que signifiait « tout », dans cette jungle impénétrable et détrempée de pluie tropicale ?

Il s'était écoulé un peu plus de quarante-huit heures depuis que Hal Brognola avait expliqué à Bolan la mission que le Bureau Ovale lui demandait d'exécuter.

Trouver Laconia... OK.

Sauver Laconia... OK.

Ou l'achever !

L'alternative ne se posait plus, puisque, pour l'instant au moins, l'agent secret était « sauvé ».

Mais Bolan devait encore le transporter jusqu'à la cabane dans la clairière et le panser de son mieux, pour lui donner des chances de survie... tout en espérant que le cyclone se tiendrait à distance jusqu'à l'arrivée de l'hélicoptère de la Marine...

A moins bien sûr que les terroristes ne découvrent la disparition de leur prisonnier, et ne partent en chasse pour le retrouver.

La mission était donc loin d'être achevée. En vérité, elle commençait à peine et ne serait vraiment réussie que quand l'agent secret, enfin en sécurité à Washington, pourrait révéler à ses supérieurs ce qu'il avait appris au cours de son horrible traversée des enfers.

Et puis, pour Bolan, la mission ne serait réellement terminée que lorsqu'il aurait définitivement rayé cette place-forte maudite de la surface du globe...

Il courba la tête dans le vent : la pluie battait plus fort, à présent, et les bourrasques tourbillonnaient.

Le cyclone s'était dangereusement rapproché...

CHAPITRE XI

La tempête suivait sa course inexorable vers l'Amérique du Sud, et d'abord vers l'isthme de Panama.

Dans l'œil du cyclone, il régnait un calme relatif, mais tout autour, couvrant une surface de plusieurs milliers de kilomètres carrés, des vents démentiels soufflaient en vastes courants circulaires, atteignant des vitesses de deux cent vingt kilomètres à l'heure. La pression barométrique était au plus bas.

De monstrueux nuages noirs bouillonnaient à vingt-cinq mille mètres d'altitude. Or, à douze mille mètres, la température de l'air est de moins soixante degrés. L'eau formant ces horribles cumulus se transformait alors instantanément en cristaux de glace qui, entraînés par leur poids, tombaient en chute libre sur plusieurs milliers de mètres, où les couches d'air plus chaud les faisaient fondre, tandis que les vents toujours plus violents donnaient aux particules d'eau ainsi dégagées un irrésistible mouvement ascendant, et que se reformaient alors des cristaux de glace de plus en plus gros.

La mer des Caraïbes est peu profonde. A la surface, les vents déchaînés soulevaient d'énormes vagues de vingt mètres de haut, dont ils déchiquetaient la crête pour en faire des nuages d'écume furieuse battant, cinglant, cisaillant l'air et tous les obstacles solides susceptibles d'opposer une résistance.

Rien ne survivait à la tempête.

Sur les petites îles dispersées dans le golfe des Caraïbes, les vents semaient la mort et la désolation, déracinant les arbres, arrachant les huttes et les constructions, emportant les habitants, qu'ils soulevaient littéralement de terre pour les rejeter au sol avec une violence insensée, comme de mauvaises poupées de chiffon.

Et le bruit du vent était un hurlement diabolique, sauvage comme les cris d'agonie d'une Nature brusquement devenue démente.

Sur le continent nord-américain, les stations météo observaient l'avance du cyclone sur des cartes tracées grâce aux caméras-satellites. Et les météorologues voyaient très clairement la trajectoire de la tempête, ainsi que sa vitesse de déplacement. Mais ils bénissaient le ciel que Frederick ait choisi de mettre le cap vers le sud, plutôt que vers le nord, où il aurait alors ravagé une bonne partie du territoire des Etats-Unis.

Mack Bolan, hélas, se trouvait au sud.

Et le cyclone frapperait l'isthme de Panama dans quelques heures seulement...

*
**

A la ferme de l'Homme de Pierre, Rose d'Avril observait avec anxiété l'écran de télévision mural montrant la carte météo de l'Amérique centrale.

Debout derrière elle, Hal Brognola avait les yeux rivés sur les énormes masses de nuages tourbillonnants qui apparaissaient sur l'écran.

— Franchement ce n'est pas rassurant, fit remarquer Rose d'une voix tendue.

Le chef fédé lui lança un rapide coup d'œil, et nota son visage tiré par l'angoisse.

— Il lui reste combien de temps, à votre avis ? demanda-t-il enfin.

— Bien moins que vous ne l'imaginiez quand vous lui avez exposé la mission, rétorqua-t-elle sans quitter l'écran des yeux. Le cyclone se déplace beaucoup plus vite que prévu.

Ils étaient dans la salle des opérations, et derrière eux se tenaient Blancanales et Schwarz qui, malgré leur inquiétude, s'efforçaient de paraître calmes.

— Nous ignorions que le cyclone suivrait une trajectoire vers le sud, observa Brognola, presque comme s'il s'excusait.

Rose d'Avril se retourna vivement, les yeux brillants de colère :

— Quand bien même vous l'auriez su, vous lui auriez tout de même demandé de partir!

Brognola hocha la tête.

— Ouais!

— Ce maudit Laconia est donc tellement important?

— L'essentiel n'est pas vraiment Laconia. Par contre les informations qu'il détient sont peut-être capitales.

— Vous voulez dire plus importantes même que la vie de Mack Bolan?

Brognola avait bien remarqué que Rose retenait ses larmes. Elle aimait passionnément l'Exécuteur, il le savait, et c'était clair pour tout le monde. Quel gâchis de la voir souffrir comme elle souffrait! Mais après tout, Brognola aussi aimait Bolan. D'une autre manière peut-être, mais d'amour aussi... Et il ne lui avait pas été facile de lui demander de risquer sa peau une nouvelle fois. Hélas, lorsque l'on occupe une position clé comme celle de Harold Brognola, on est bien obligé parfois de se violer. Même quand il s'agit de demander aux autres — vos hommes, vos amis, surtout — d'accepter des missions dont les chances de succès sont infiniment minces... Or Bolan était bien davantage qu'un ami, pour Hal!

Rose d'Avril, brusquement, saisit le chef fédé par le bras.

— Oh, excusez-moi! soupira-t-elle tristement. Je vous pose des questions stupides!

Hal Brognola lui tapota doucement la main.

— Ce n'est pas grave, Rose. Je comprends bien ce que vous ressentez.

Blancanales prit alors la parole :

— L'hélicoptère de la Marine doit le récupérer quand, exactement ?

Rose d'Avril lui répondit :

— L'appareil a déjà décollé, mais...

Sa voix se brisa.

— Mais ? insista Blancanales.

— L'hélicoptère a dû partir en avance sur l'heure prévue, à cause de la progression inattendue du cyclone. Nous ne savons même pas si le pilote pourra établir un contact radio avec Mack, pour s'assurer qu'il a rejoint le point de rendez-vous à temps.

Schwarz grommela alors :

— Si le patron se trouve dans un rayon de soixante-dix kilomètres, il entendra les signaux radio. Son récepteur miniaturisé est ce qui existe de mieux actuellement. D'ailleurs je l'ai mis au point moi-même !

— Ce n'est pas vraiment le problème, répliqua vivement Rose. Seulement avec la tempête, l'hélicoptère risque de ne pouvoir s'approcher de lui, même dans un rayon aussi large. Savez-vous comment cela se passe, à trois cents kilomètres au-devant du cyclone Frederick ?

Schwarz secoua la tête.

— Eh bien, c'est l'enfer déchaîné, répondit la jeune femme qui décrivit ensuite brièvement la tornade précédant l'arrivée d'un cyclone.

Quand elle se tut, le silence s'établit dans la salle des opérations.

Au bout d'un long moment, Blancanales parla :

— Jack Grimaldi est là-bas maintenant, non ?

— Mais il se trouve très loin de Bolan ! Il attend à la base aéronavale de Howard, et celle-ci est située à plus de trois cents kilomètres au nord-ouest du champ d'opérations présumé de l'Exécuteur.

Un silence lourd s'établit à nouveau. Que dire en effet ? Et surtout, que faire ?

A part attendre anxieusement dans la nuit...

CHAPITRE XII

La cabane présentait au moins un avantage : elle abritait de la pluie. Bolan déposa doucement Laconia toujours inconscient sur le sol. Il était trempé jusqu'aux os. Avant tout, il fallait le sécher et le réchauffer.

Dix minutes plus tard, un bon feu crépitait dans la cheminée rudimentaire de la petite pièce. La chaleur ne tarderait pas à se répandre. Bolan attendit encore un moment avant de débarrasser l'agent secret de ses vêtements dégoulinant de pluie. Il examina d'abord attentivement les horribles blessures que lui avaient infligées les terroristes : des plaies répugnantes, atrocement dentelées, savamment sculptées à la pointe d'un couteau...

Bolan en pansa autant qu'il le pouvait, utilisant pour cela tout ce que contenait sa petite trousse à pharmacie. Il passa ensuite de la pommade antibiotique sur les plaies qu'il ne pouvait protéger avec un pansement, puis enroula Laconia dans sa combinaison de camouflage bien sèche car elle n'avait pas quitté le barda pendant toute l'opération-sauvetage.

Bolan était trempé jusqu'à la moelle des os lui aussi, mais n'y prêtait pas attention. Laconia malade, blessé, passait bien avant lui.

Il posa doucement une main sur le front de l'agent inconscient : il était brûlant de fièvre. Pourtant, tant qu'il n'avait pas repris connaissance, mieux valait ne pas lui faire absorber d'eau.

Bolan n'avait plus qu'à attendre, en espérant qu'il reviendrait bientôt à lui.

***

Le gros hélicoptère de la Marine — un Sea Stallion RH 53 — volait dans la tourmente. Le pilote et le copilote luttaient de leur mieux pour maintenir à peu près la stabilité de l'appareil, malgré les tourbillons insensés. La pluie s'abattait avec violence contre la grosse bulle en plexiglas servant de pare-brise et résonnait comme un martèlement diabolique sur la queue métallique de l'appareil. Malgré la puissance de son moteur, l'hélicoptère était ballotté comme un fétu de paille, et les secousses, à l'intérieur de l'habitacle, étaient impressionnantes.

Les deux hommes aux commandes se battaient depuis deux heures déjà pour gagner la côte. Ils avaient décollé du porteur léger bien avant l'heure prévue, et ce pour deux raisons essentielles. D'abord parce que le petit navire-porteur avait juste le temps de fuir le cyclone qui arrivait du nord à toute allure. Ensuite parce que les conditions météo dramatiques allaient ralentir considérablement l'allure du gros appareil qui devait à tout prix rejoindre le point de rendez-vous avant l'arrivée du cyclone.

Pourtant, le pilote était de moins en moins sûr de réussir à joindre l'agent nommé Homme de Pierre numéro 1. Le compte-tours du rotor principal oscillait sans arrêt. De temps en temps, l'aiguille faisait un bond en avant, pour très vite retomber vers le minimum.

Le pilote avait besoin de ses deux mains pour maintenir l'appareil dans un semblant d'équilibre horizontal. A côté de lui, le copilote surveillait les voyants de contrôle et effectuait les mises au point continuelles, tout en jetant un œil de temps en temps sur la mer déchaînée au-dessous de l'appareil.

— Quelle merde ! s'exclama-t-il dans le micro de son casque. Je n'ai jamais rien vu de pire !

— Attends la suite, rétorqua le pilote. Je te promets une sacrée java !

Pendant la demi-heure qui suivit, ils n'échangèrent plus un seul mot. Il régnait dans l'appareil un vacarme monstrueux : d'abord le bruit du gros moteur à turbine, mais surtout les hurlements du vent, et le martèlement de la pluie contre la carlingue métallique.

Enfin, le copilote observa :

— La ligne du rivage, là-bas devant, dirait-on.

— Ouais, je l'aperçois. Fais le point, veux-tu ? Je ne sais plus du tout où nous sommes.

— Le cap est toujours bon, annonça presque immédiatement le copilote en indiquant la position de l'appareil sur l'écran radar du tableau de bord.

Ils survolèrent le rivage, virent les énormes vagues se fracasser sur le sol, comme pour l'anéantir, l'engloutir, le submerger.

— Mets le cap sur le sud maintenant, aboya le pilote dans son casque.

L'hélicoptère vira à gauche, lourdement, comme une monstrueuse libellule prise dans un tourbillon de vent. A l'intérieur, les secousses étaient insupportables, malgré les efforts des deux pilotes.

A présent, ils traversaient l'isthme, et, comme leur vitesse était supérieure à celle du cyclone, les conditions s'amélioraient un peu.

Assez rapidement, ils aperçurent devant eux la masse sombre des montagnes dont la crête disparaissait sous de gros nuages d'encre, tandis qu'un brouillard de pluie obscurcissait les vallées, à flanc de coteau.

L'hélicoptère cahota durement, comme une rafale particulièrement violente le prenait par le travers, et le pilote dut s'accrocher au manche à balai pour conserver son cap. Puis le bruit du rotor se transforma en rugissement aigu, et l'aiguille du compte-tours bondit au maximum, avant de redescendre brutalement.

Les deux hommes ne firent aucun commentaire. Ils se savaient pratiquement impuissants contre les éléments fous tant qu'ils n'auraient pas posé leur appareil sur le sol.

— Essaie de le joindre maintenant, ordonna le pilote avec un mince sourire.

Le copilote approcha le micro de ses lèvres, tout en branchant la fréquence spéciale :

— Oiseau Bleu à Homme de Pierre I. Oiseau Bleu à Homme de Pierre I. Vous me recevez ? Terminé.

Une friture intense résonna dans son écouteur.

— Essaie encore, insista le pilote. Et tu recommences tant que tu ne l'as pas.

— Oiseau Bleu à Homme de Pierre I. Oiseau Bleu à Homme de Pierre I. Vous me recevez ? Terminé.

Le copilote inlassablement répétait son appel.

***

Depuis un bon moment, Bolan, agenouillé auprès de Laconia, observait avidement son visage. Tout à coup, il vit les paupières frémir, puis lentement l'agent secret ouvrit les yeux et balaya son environnement du regard, sans comprendre.

— Ne vous agitez surtout pas, fit Bolan

d'une voix calme et froide. Vous êtes sauvé, maintenant. Détendez-vous.

Laconia tenta de se redresser, mais il était beaucoup trop faible pour y parvenir. Bolan lui passa un bras sous la nuque, et l'obligea à se rallonger.

— Vous... Vous êtes... Co... colonel Phoenix ? réussit à articuler le blessé.

— C'est moi. OK, écoutez, mon vieux, je ne peux pas faire de sentiment, et je le regrette... Vous n'êtes pas très frais, et je ne suis pas sûr que vous teniez jusqu'à Washington. Alors mieux vaut me dire tout de suite ce que vous avez appris. Je transmettrai.

Laconia eut un faible sourire.

— Vous... vous pensez... C'est... la fin ? D'accord... Je vais... je vais vous dire... Très important... faut leur... expliquer... très grave... agir vite...

Bolan ne put réprimer un élan d'admiration pour le gars qui, sachant maintenant qu'il risquait de mourir, gardait son sang-froid. Un type dur, courageux, et du reste il l'avait prouvé en résistant à la torture des Arabes sans rien leur révéler.

— Racontez maintenant, fit Bolan. Qu'avez-vous découvert de tellement important ?

Laconia prit une profonde inspiration, et son visage brutalement se crispa de souffrance. Le pauvre homme était à la toute dernière limite de ses forces. Pourtant il se mit à parler à voix très basse, à peine audible.

— ... et je les ai suivis... jusque... c'est idiot...

j'ai fait moins attention... alors... ils m'ont pincé...

Sa voix se perdit dans un râle.

— OK, OK, fit Bolan, pressant. Dites-moi maintenant ce qu'ils trafiquent là-bas avec cette installation démentielle. Ils cherchent quoi, exactement ?

Laconia marmonna quelque chose que Bolan ne saisit pas. Alors, se penchant presque contre les lèvres du blessé, il murmura :

— Je vous en prie, répétez. Je ne vous ai pas entendu.

— ... ils... contrôler les satellites... en capturer un... un à nous... ramener à terre.

A nouveau, la voix évanescente de Laconia se perdit, et Bolan vit que le blessé avait sombré dans l'inconscience. Pauvre bougre ! Il avait connu l'enfer, il avait droit à un repos bien mérité... mais pas tout de suite... pas encore...

Bolan lui passa un mouchoir mouillé sur le visage, et lui tapota doucement les joues. Au bout de quelques minutes, Laconia rouvrit lentement ses yeux tourmentés.

— Pourquoi veulent-ils détourner un de nos satellites ? demanda immédiatement Bolan. Et quels moyens vont-ils employer ? Allons, mon vieux, allez-y !

Laconia fit un effort surhumain.

— ... veulent le détourner... orbite... connaissent... code auto... destruction...

Bolan sentit un frisson glacé lui parcourir le dos : *Bon sang, ces terroristes cinglés auraient-*

ils réellement trouvé un moyen capable d'intercepter le système le plus sophistiqué du monde pour le recueil et le stockage des renseignements secrets ? Que savaient-ils exactement ? La puissance de ces Arabes hors-la-loi commençait à impressionner sérieusement l'Exécuteur, tandis que montait en lui le désir ravageur de les anéantir à jamais, au plus vite.

Il plongea son regard dans les yeux brûlants de fièvre de Laconia.

— Dites-moi, fit-il, pressant, quel est le but de l'opération ? Pourquoi capturer un satellite ?

— Veulent... celui... informations sur... mouvements... pétrole... sauront ainsi... arrivée du prochain... pétrolier... géant... Panama... faire sauter...

— Quel pétrolier ?

— Géant... prochain prévu... couleront dans le canal...

Laconia avait la bouche sèche à présent, et ses paupières se fermèrent. Pourtant il murmura encore :

— disposent... puissance sous-marine nucléaire... même, peut-être...

— D'où tiennent-ils tout cela, dites-le-moi, je vous en prie !

Bolan était presque suppliant, à présent, mais Laconia, à demi-inconscient, gardait les yeux fermés.

— ... veulent... guerre... les Aigles... réussit-il encore à articuler.

Et ce fut tout.

Bolan en savait assez désormais, et il était suffoqué. Le temps manquait pour transmettre ces renseignements incomplets à Washington. Cela ne servirait qu'à brouiller davantage la situation vraiment explosive.

Avec le détournement d'un satellite et l'attaque au missile d'un pétrolier géant dans le canal de Panama, les terroristes arabes s'apprêtaient à mener une sacrée samba... Alors les minutes étaient comptées, et il n'était pas question d'attendre patiemment un feu vert de Washington. Il fallait abattre ces salopards mégalomanes en les prenant de vitesse... Agir... Oui, agir, comme Bolan savait le faire...

CHAPITRE XIII

Le temps et les conditions atmosphériques jouaient contre lui, mais il n'y pouvait rien.

Il devait s'introduire à nouveau dans le camp rebelle, et le faire avant l'arrivée du cyclone. Bien sûr, s'il attendait la tempête, il avait une chance de passer inaperçu au milieu de la confusion générale. Mais Bolan avait déjà vu des cyclones — des typhons, comme on les appelait en Asie — et il savait que, à moins d'une chance inouïe, rien ni personne ne résistait sur leur passage. Le mieux à faire, quand la tempête arrivait, était de se trouver un trou bien profond pour s'y tapir, espérant que les éléments déchaînés ne vous aspireraient pas à l'extérieur, pour vous envoyer vous fracasser plusieurs centaines de mètres plus loin !

Par ailleurs, mis à part le problème du cyclone Frederick, Bolan ne voulait à aucun prix manquer le rendez-vous fixé avec le gros hélicoptère de la Marine. Laconia ne tiendrait pas indéfiniment. Donc, inutile de songer à s'éterniser ici davantage, avant de se risquer pour la troisième fois dans le campement maudit.

Un instant, Bolan se demanda avec angoisse si les terroristes avaient découvert la disparition de leur prisonnier. Dans ce cas, le camp devait grouiller comme un nid de frelons ! Mais bien vite il haussa les épaules avec fatalisme : après tout, on verrait bien... Du temps de sa guerre contre la Mafia, combien de fois s'était-il introduit dans des places fortes ennemies fourmillant de tueurs en armes ? Des dizaines et des dizaines de fois. Si souvent même qu'il n'en tenait pas le compte exact.

Eh bien, cette nuit ne serait jamais qu'une réédition du passé...

Il vérifia ses armes. Non qu'il eût l'intention de passer brutalement à l'attaque. Mais il n'aimait pas se trouver pris de court, en cas d'imprévu.

Le Stoner M 63 A1 avait l'aspect d'une mitraillette légère. Le chargeur glissé dans le magasin contenait cent cinquante balles d'aluminium et le chargeur de rechange déjà en place alourdissait considérablement l'arme. Cependant son tir était imparable, et le feu ininterrompu, diaboliquement meurtrier.

Le gros Auto-Mag 44 était niché dans son étui, contre la hanche droite. Ses balles, de gros pruneaux d'acier, venaient à bout de n'importe quel obstacle, y compris l'acier blindé. Un avantage non négligeable, tout de même.

Quant au Beretta, toute sa supériorité tenait au silencieux qui le prolongeait. Grâce à lui, le superbe pistolet italien crachait une mort certaine, assortie d'un soupir tellement étouffé que ses victimes ne le percevaient jamais.

Dans une poche en toile accrochée à la ceinture militaire, Bolan avait glissé un petit assortiment de grenades incendiaires et à fragmentation.

Cependant malgré cette puissance de feu assez étonnante pour un homme seul, l'Exécuteur savait bien qu'il n'exterminerait pas la cinquantaine de terroristes du camp arabe...

Avec un peu de chance, et beaucoup d'audace...

Vingt minutes plus tard il avait presque rejoint la route d'accès au camp, en contrebas du plateau, quand son oreille bien entraînée discerna un bruit familier, au loin.

Il s'immobilisa pour mieux écouter, et un sourire apparut sur son visage.

Ouais, la chance était au rendez-vous. Le son provenait de la route. Un bruit régulier de moteur diesel à petite vitesse, qui gravissait péniblement la piste vertigineusement pentue.

Bolan coupa droit dans les buissons et, deux minutes plus tard, il s'accroupissait à la sortie d'un virage sur le bas-côté, se dissimulant de son mieux derrière un tronc d'arbre.

La pluie continuait de tomber, et le vent agitait les branches basses de l'arbre. Même si Bolan n'était pas parfaitement caché, le chauffeur du véhicule ne le verrait pas à cause de la pluie.

Le camion déboucha presque aussitôt du virage, et Bolan retint son souffle : c'était un camion d'approvisionnement militaire 6 × 6, dont l'arrière était recouvert par une bâche. Ses deux phares vacillaient dans la pluie, et n'éclairaient pas très efficacement la route.

Les essuie-glaces balayaient assez régulièrement le pare-brise, et Bolan aperçut, l'espace d'un instant, le visage crispé du chauffeur agrippé à son volant, s'efforçant d'éviter que son véhicule ne dérape sur la boue glissante et instable de la piste.

La cabine du camion passa à sa hauteur, sans que le chauffeur repère Bolan. Celui-ci bondit alors de sa cachette. En deux grandes enjambées, il avait rejoint l'arrière du véhicule. Saisissant les montants en fer latéraux, il se hissa d'un bond à l'intérieur, atterrit sur le ventre, et roula plusieurs fois sur lui-même.

L'arrière du camion cahotait dur ; les amortisseurs étaient visiblement fatigués. Le moteur geignait, s'essoufflait, mais le véhicule continuait tout de même de gravir la pente, sous la pluie battante.

Bolan jeta un rapide coup d'œil autour de lui : le camion était chargé de caisses et de cartons. Il réussit à en déplacer quelques-unes, malgré les secousses, et se dissimula tout au fond. Puis il tira un bout de la bâche qu'il ramena sur lui.

Il ne restait plus qu'à attendre, à présent.

Attendre tout en priant pour que les sentinelles qui gardaient le portail du camp soient aussi peu consciencieuses que celles qu'il avait observées la nuit précédente.

Si les gardes vérifiaient l'intérieur du camion, comme logiquement ils étaient tenus de le faire, Bolan pouvait dire adieu à la vie...

Cependant ces hommes-là étaient des tueurs, pas des soldats. Cela faisait toute la différence...

Au bout d'un moment Bolan sentit que le moteur peinait moins, tout en maintenant une allure beaucoup plus régulière. Le véhicule venait sûrement d'arriver sur le plateau, aux abords du camp. Très vite d'ailleurs, il ralentit, et une voix retentit violemment dans la nuit. Le camion s'immobilisa.

Aussitôt les voix se rapprochèrent. Elles résonnaient tout contre le camion à présent. Quelqu'un aboyait un ordre au chauffeur, qui aboya en retour.

Inutile de parler l'arabe pour comprendre à quel sujet les deux hommes s'engueulaient. Les choses se passaient ainsi dans tous les camps militaires du monde, quand il faisait un temps à ne pas mettre un chien dehors !

Le chauffeur du camion refusait de sortir de son véhicule pour montrer son laissez-passer au garde.

Quelqu'un sauta sur le marchepied du conducteur, et de nouveaux éclats de voix furieux retentirent dans la nuit.

Bolan saisit le Stoner et fit sauter le cran de

sécurité, tandis que son index se glissait derrière la détente.

Puis le moteur du camion revint à la vie, et Bolan entendit presque en même temps grincer les gonds du portail que l'on ouvrait. Le véhicule s'ébranla alors pour pénétrer dans le camp.

L'Exécuteur étouffa un soupir de soulagement, sachant pourtant que rien n'était encore joué. Tout comme le dompteur de lion qui place sa tête dans la gueule de l'animal, bien conscient que le plus difficile sera de se dégager sans encombre, l'Exécuteur ne se faisait aucune illusion : pénétrer dans le camp était une chose ; en sortir vivant avec au moins un otage arabe serait une autre affaire !

CHAPITRE XIV

Bolan sentit le camion s'immobiliser. Le chauffeur coupa le contact et ouvrit la portière. La voix d'un garde l'interpella, et les deux hommes commencèrent à discuter âprement.

Bolan se dégagea sans bruit de sa cachette. L'obscurité sous la bâche lui suffisait, à présent. Il s'accroupit près de l'ouverture arrière, attendant le bon moment pour sauter à terre.

Un rapide coup d'œil à l'extérieur lui permit de se repérer : pas de chance ! Le camion était arrêté juste devant la construction en béton abritant les ordinateurs ! Or la première cible de Bolan était la cahute où il avait vu Khatib al Sulieman, un peu plus tôt.

Le combattant de la nuit attendit encore quelques instants. Agir vite et sans bruit : c'étaient ses deux impératifs prioritaires.

Souple et silencieux comme un chat, il se laissa tomber sur le sol, la main droite crispée sur la crosse du Beretta Brigadier, la « Belle », comme il l'appelait. Il avait bien entendu pris soin d'enlever le cran de sécurité avant de sauter, et l'arme était prête à partir.

Le chauffeur tournait le dos à Bolan. La sentinelle arabe, en revanche, eut le malheur d'entre-apercevoir le grand homme en noir. Elle saisit vivement le fusil d'assaut accroché à sa ceinture et en pointa la bouche menaçante sur la silhouette sombre.

Mais l'index de Bolan avait déjà réagi, et la « Belle » italienne poussa son soupir, comme une balle silencieuse giclait du canon. Toujours sans un son, le projectile brûlant vrilla un trou dans le front du tueur, juste au-dessus de l'arcade sourcilière gauche, puis il ressortit à l'arrière du crâne, escorté d'un jet de matières grisâtres mêlées de rouge, ignoblement visqueuses.

Le temps que le chauffeur ait compris qu'il se passait un imprévu, le Beretta poussait un second soupir d'aise, et un nouveau projectile de métal brûlant envoyait promener sa seconde victime. Il mourut avant même de tomber, inerte, en travers du cadavre de la sentinelle.

Bolan bondit en avant. En un éclair, il s'empara des deux fusils d'assaut AK 47, en arma un et s'accroupit en position de combat, prêt à riposter si quelqu'un l'avait repéré.

Mais apparemment tout était tranquille. A part les quelques sentinelles de garde, la pluie avait découragé les terroristes, qui avaient préféré rester à l'abri.

Bolan regarda attentivement le campement : çà et là, la lueur jaunâtre d'une ampoule électrique projetait un rai de lumière sur le sol inondé. Quant à la cahute de Khatib al Sulieman, elle se trouvait hélas à l'autre extrémité du camp...

Traverser le terrain à découvert relevait de l'inconscience ou de la démence. Or Bolan, malgré son audace et sa témérité, n'était ni inconscient, ni cinglé.

D'autant que le moyen d'atteindre la cahute se trouvait pratiquement à portée de sa main...

Il se glissa vers l'arrière du camion et y balança doucement le Stoner ainsi que les deux lourds fusils d'assaut AK 47.

Venaient ensuite les deux cadavres : il fallait les évacuer en vitesse. L'un après l'autre, Bolan les hissa à l'arrière du camion et tira sur eux un morceau de bâche qui traînait. S'ils n'étaient pas confortablement installés, de toute façon, ils ne viendraient pas s'en plaindre...

Bolan grimpa ensuite à la place du chauffeur. La clé de contact était sur le tableau de bord. Il mit le moteur en marche, ferma la portière et passant en première, effleura à peine l'accélérateur. Le camion s'ébranla pour traverser le campement au ralenti.

Bolan devait se faire violence pour ne pas accélérer, car il sentait un frisson glacé lui parcourir l'échine, et son regard restait rivé sur le rétroviseur.

Plus que tout, il redoutait en effet qu'une

sentinelle ne l'intercepte. Si on lui adressait la parole, comment répondrait-il ?

Dès sa première pénétration dans le camp terroriste, Mack Bolan avait compris que Brognola, tout comme lui-même, avait commis une erreur. Une erreur qui à présent risquait de lui coûter la vie : les terroristes ici ne s'exprimaient qu'en arabe. Or Bolan parlait seulement anglais. En d'autres termes, si d'aventure on l'interpellait, il ne disposait guère que d'une seule manière de répondre : faire feu, détruire tout ce qui se présentait et tenter de fuir au plus vite...

La traversée du campement lui semblait interminable. A tout instant, il s'attendait à voir quelqu'un surgir devant ses phares pour l'obliger à s'arrêter. Mais, grâce à Dieu, il n'en fut rien.

Il arrêta le camion militaire derrière la cahute la plus proche de celle de Khatib et coupa le moteur. Puis il se glissa sur le sol... et brusquement se figea !

Des lumières venaient d'apparaître près du portail d'accès.

Bolan entendit alors le ronflement d'un autre moteur. Le portail se trouvait à quarante mètres environ. Quelques instants plus tard, un véhicule se présentait à l'entrée du camp, immédiatement éclairé par de gros projecteurs.

L'Exécuteur l'identifia tout de suite : une Land Rover bleu foncé recouverte de boue.

Il vit la sentinelle de garde avancer vers la

voiture, puis se redresser vivement et faire un petit salut militaire. La Land Rover s'ébranla à nouveau pour pénétrer dans le camp. Apparemment elle arrivait droit sur Bolan !

Le grand homme en noir se glissa sans un bruit sous le châssis du camion militaire.

Mais la Land Rover venait de s'arrêter devant la cahute de Khatib al Sulieman. Le chauffeur, un homme courtaud, noiraud, avec une abondante moustache sombre, sauta au sol et fit le tour du véhicule pour tenir la portière de son passager. La porte de la cahute s'ouvrit, un flot de lumière inonda la Land Rover.

Un homme sortit de la voiture couverte de boue et gagna la cahute en deux enjambées. La porte se referma derrière lui.

Mais Bolan, toujours caché sous le châssis, avait eu le temps d'apercevoir le nouvel arrivant. Une chance d'ailleurs, car, contrairement à tous les autres occupants du camp — des Arabes de pure souche — l'homme qui venait d'entrer dans la cahute était un Occidental. Il avait des cheveux très blonds et portait un imperméable transparent sur un costume de ville.

Qui donc osait se risquer avec une tenue pareille dans la jungle détrempée qui séparait le camp de Puerto Obaldia ?

Un personnage important, nul doute, puisque la sentinelle à l'entrée l'avait salué avec respect !

Un mystère de plus que Bolan aurait à résoudre.

Au cours de sa première pénétration, l'Exécuteur avait branché un « cafard » à l'extérieur des trois cahutes. Ces engins miniaturisés pouvaient transmettre sur un rayon de près de huit cents mètres. Bolan, sous son camion, était donc aux premières loges ! Il sortit un minuscule récepteur d'une des poches de sa combinaison noire, en dégagea la petite antenne, et colla l'écouteur dans son oreille gauche.

Il brancha l'appareil : rien. Il passa sur la seconde fréquence : toujours rien. Enfin sur la troisième : des voix tonitruantes lui fracassèrent le tympan. Il baissa le volume du son avec un sourire grinçant : la vitre sur laquelle était fixé le « cafard » amplifiait ainsi les voix captées.

Et bon sang, le joujou de Schwarz fonctionnait comme un petit roi ! Bolan avait l'impression de se trouver dans la pièce !

Hélas, les voix s'exprimaient en arabe ! Quelle plaie !

Apparemment en tout cas, ça ressemblait à une engueulade, et ça vitupérait dur !

Enfin, une voix nasale, très sèche, coupa court à la dispute.

— Assez ! s'exclama un homme en anglais. Vous savez bien que je ne comprends pas votre charabia. Alors parlez anglais ! Vous le connaissez tous !

Un lourd grognement lui répondit, puis un homme avec un accent prononcé.

— Nous discutons entre nous d'une chose qui ne vous concerne pas. N'ayez crainte, rien de ce que nous avons dit n'a d'intérêt pour vous.

— Peu importe, rétorqua vivement l'Occidental. Moi, j'ai des choses importantes à vous communiquer ; alors cessez de discutailler entre vous, et écoutez-moi. Vous m'avez compris, Khatib ?

Le chef arabe lui répondit sur un ton assez railleur :

— Pourquoi cette visite à l'improviste, Spinney ? Vous nous prenez sans doute pour des enfants dont il faut tenir la main à tout instant ?

— Assez d'insolence, Khatib ! Je suis ici, vous le savez très bien, parce que nous avons investi pas mal de billes avec vous : un sacré paquet de pognon, plus des informations et du matériel que l'on peut difficilement se procurer chez le premier quincailler du coin, vous vous en doutez ! A commencer par les cinq missiles Scud B sortis tout droit des usines Rustok ! Alors maintenant nous voudrions que ça jute ! Et tout de suite, encore !

Le chef arabe éclata d'un rire gras.

— Vous autres, Occidentaux, vous m'amusez toujours ! Vous vous prenez vraiment pour les grands chefs ! A vous entendre, on vous croirait membres de l'OPEC, alors que vous n'en êtes guère que les clients, et que vous en dépendez comme un chien dépend de son maître !

— Cessez de dire des âneries, Khatib ! Vous n'ignorez pas que nous représentons bien davantage que cela ! Nous connaissons les codes des satellites, nous savons quels pétroliers ils suivent et nous sommes parfaitement au courant des moindres détails du marché actuel du pétrole. En outre, si un pétrolier géant coule dans le canal de Panama et le bloque, nous savons comment cela modifiera la scène internationale. Vous autres, les Arabes, avez davantage de pétrole que nous, c'est vrai, et sans doute plus d'audace aussi... Mais là n'est pas le problème. Je suis venu ce soir, car il est temps que vous nous rendiez la monnaie, Khatib. Eh oui, à vous de remplir votre part du contrat, et selon nos propres termes. Pas les vôtres !

— Nous sommes prêts à frapper, persifla le chef arabe. Nous sommes parfaitement opérationnels, mais vous êtes trop aveugle pour vous en être rendu compte ! Vous n'avez donc pas vu à quoi ressemble cette base, maintenant ? Nous ne sommes pas restés à nous tourner les pouces !

Khatib souriait sûrement, songea Bolan. Au ton de sa voix, il était fermement décidé à agir à sa guise, sans se préoccuper des desiderata de cet hérétique blond.

— Mais qu'est-ce qui vous prend ? explosa soudain Spinney. Vous êtes cinglé, ou quoi ?

Alors Bolan rampa pour se dégager du

camion et, en quelques foulées silencieuses, il gagna la petite fenêtre de la cahute de Khatib. Il jeta un rapide coup d'œil à l'intérieur.

Le dénommé Spinney, l'Occidental blond, était acculé au mur du fond de la pièce. Un tueur arabe trapu et costaud le maintenait d'une main par le revers de sa veste, tandis que de l'autre, il promenait sur sa gorge la lame acérée et luisante d'un long couteau.

— Ahmad, laisse-le tranquille ! aboya Khatib.

Le tueur abaissa son couteau, l'air un peu déçu, et Bolan aperçut alors, dans un angle de la pièce, Soraya qui regardait la scène, les yeux écarquillés d'horreur.

Spinney remit sa veste en place, et Khatib éclata d'un rire sardonique.

— Vous n'avez pas peur d'Ahmad, tout de même ?

— Vous êtes de véritables sauvages, mais je ne crains aucun d'entre vous, soyez-en certain !

— Un peu de respect, je vous prie, ricana Khatib. Pourquoi vous permettez-vous de nous insulter ?

— Parce que vous le cherchez ! Vous vous comportez comme des bêtes fauves !

— Taisez-vous ! coupa sèchement Khatib. Tout ce que nous faisons, nous le faisons au nom d'Allah, vous le savez très bien. C'est Allah qui nous guide, et aussi Mahomet, son prophète !

Spinney eut un rire amer.

— Allons Khatib, soyez honnête ! Et le fric,

cela vous laisse indifférent ? Vous savez très bien que, comme tout le monde, c'est le pognon qui vous mène ! Vous me faites bien rire, vous, les Aigles de la Révolution ! Et maintenant, revenons à nos moutons : vous allez laisser tomber cette histoire de détournement de satellite et vous occuper du coup du canal. C'est un ordre !

— Et comment réussir l'affaire du canal sans les informations contenues dans le satellite ? s'exclama Khatib, fou de rage.

— Trouvez vos renseignements où vous voulez, je m'en moque. Nous, il nous faut une panique noire, avec le canal bloqué. Et vite encore. Vous allez donc couler ce pétrolier géant prévu dans le chenal 3, de telle sorte que ses millions de tonnes de brut se répandent gentiment dans la mer, et que le canal soit inutilisable. Alors, tout l'Occident se mettra à genoux et...

— Je sais, je sais, marmonna Khatib. Mais ce qui nous intéresse, nous, c'est le satellite ! Imaginez un peu comme les Américains se trouveront humiliés, quand nous leur aurons volé un de leurs joujoux de l'espace ! Une sacrée gifle, tout de même !

— Vous n'avez donc rien d'autre en tête ? glapit Spinney fou de colère. Gifle, humiliation ! Quelle absurdité, quand on songe que le pétrolier géant va se présenter à l'entrée du canal dans quelques heures seulement ! Et vous autres, Arabes cinglés, vous restez là à contempler un ciel rempli de vos fantasmes inspirés des Mille et Une Nuits ! Bon, il faut que je regagne Puerto Obaldia pour faire mon rapport et...

Bolan en avait entendu suffisamment. Tout au moins pour l'instant.

Il savait à présent que l'on prévoyait une violente attaque dans le canal de Panama, qui de ce fait se trouverait bloqué, créant ainsi une situation explosive dans tout le monde occidental. En effet, si le pétrole brut provenant d'Alaska et de Californie se trouvait immobilisé dans les raffineries de la côte ouest à cause de la destruction du canal, les Arabes auraient bel et bien la haute main sur l'OPEC et dicteraient leur volonté au reste du monde. Si, de surcroît, un satellite était détourné, alors...

Bolan pourtant ne connaissait pas la programmation exacte de l'opération. Spinney, en revanche, la savait parfaitement. Eh bien, il suffisait de le faire parler. Et Bolan saurait bien l'en convaincre...

Il retournait à Puerto Obaldia, avait-il dit ? Il n'existait qu'une route possible pour sortir de ce camp... et Mack Bolan l'intercepterait au passage.

Oui, Bolan monterait tranquillement une embuscade...

heures des Mille et une Nuits ! Bon. Il faut que je trouve Perrot-Oberla [illegible] rapport.

Lucas en avait entendu suffisamment [illegible] au moins pour l'instant.

Il savait à présent que [illegible] [illegible] [illegible] [illegible] [illegible] [illegible] [illegible] [illegible]

[illegible] [illegible] [illegible]

Bolan pouvait ne connaissait pas la [illegible] exacte de [illegible] [illegible] [illegible] [illegible] [illegible] [illegible] [illegible]

Directement à Pierre Oberla avait-il [illegible] [illegible] [illegible]

[illegible] murmura-t-il [illegible] compagne.

CHAPITRE XV

Bolan ouvrait la portière du camion, prêt à grimper pour prendre le volant, quand il entendit quelqu'un aboyer un ordre.

Aucun doute possible : l'ordre s'adressait à lui, mais il n'en savait pas davantage. Le garde lui gueulait peut-être de tirer son véhicule du milieu ; ou lui demandait pourquoi il n'était pas là où il devait être. Bref, peu importe, Bolan ne pouvait pas lui répondre. Inutile de jouer l'esbrouffe.

Seulement voilà : si Bolan ne parlait pas l'arabe, il possédait un joujou qui, lui, parlait une langue universelle !

Il s'empara rapidement du Stoner, à l'arrière du camion. Tournoyant sur lui-même, il sauta à terre, maintenant l'arme de ses deux mains, le doigt déjà sur la détente.

En se redressant, il vit alors non pas un, mais trois terroristes. Trois salopards vifs comme l'œil qui pointaient sur lui la gueule de leurs fusils d'assaut. Et s'ils n'avaient encore ouvert le feu, c'est seulement parce qu'ils ne savaient pas si l'homme près du camion était l'un des leurs.

Dans une seconde, ils le sauraient...

Mais Bolan ne leur laissa pas cette seconde indispensable. Une petite contraction de la main, et un jet brûlant de projectiles 5.56 gicla brutalement du museau du Stoner, déchirant la nuit et la pluie d'une ligne meurtrière invisible. Le premier tueur reçut sa giclée assez haut et se trouva carrément cisaillé en biais, depuis l'épaule droite jusqu'à la hanche gauche. Il recula en une série de soubresauts absurdes, désordonnés, avant de basculer pour de bon.

Il n'était pas tombé à terre que la seconde rafale touchait le tueur suivant : une grêle d'éclats brûlants le cribla de bas en haut : d'abord le ventre puis la poitrine, les épaules, le cou, la mâchoire, et enfin le front.

Le troisième Arabe avait chatouillé la détente de son fusil d'assaut. Mais il était mal placé ou très mauvais tireur, ou les deux à la fois peut-être. En tout cas, le tir de l'AK 47 passa bien au-delà de la cible visée.

Bolan pour celui-là se contenta d'une giclée éclair, suffisante pourtant pour expédier ce fils du désert droit au Paradis promis par le prophète Mahomet.

Le grand homme en noir n'avait balancé que deux salves très courtes. Chacune avait duré à peine une seconde. Mais le bruit avait suffi à donner l'alerte. Le crépitement dur du Stoner s'était répercuté avec violence dans le calme de la nuit, annonçant en fanfare aux cinquante terroristes cantonnés dans ce camp que l'ennemi s'était infiltré parmi eux. Un ennemi qui chantait une sérénade plus dure et plus meurtrière encore que la leur !

Dans son champ de vision périphérique, Bolan aperçut quatre énergumènes jaillissant d'une baraque, à sa droite. Il s'accroupit illico et, courbant le buste, appuya à nouveau sur la détente du Stoner M63 A1.

Une nouvelle grêle de minuscules 5.56 déchiqueta l'air au rythme de sept cents à la minute, chacune propulsée à une vitesse de mille mètres/seconde. Les terroristes qui sortaient les uns après les autres semblaient maintenant en proie à la danse de Saint-Gui. Ils sautaient, se cabraient en de curieux spasmes macabres, tandis que leurs membres grotesques s'agitaient, comme désarticulés, et que leurs corps étrangement agités se couvraient d'ignobles taches mouvantes de couleur écarlate, qui ne cessaient de s'agrandir démesurément...

Des hommes se ruaient dans tous les sens à présent, sur le campement. Et ils hurlaient, s'interpellant peut-être, ou tout simplement jurant. Certains, non loin du camion, s'étaient jetés à terre pour répondre au tir.

D'autres, moins bien entraînés sans doute, couraient à toutes jambes, leur arme à la main, dans la direction d'où leur semblait provenir la pétarade.

Bolan étouffa un juron : ces salopards étaient bien trop nombreux pour qu'il puisse les exterminer tous. Et puis le temps était compté. L'Exécuteur devait filer en vitesse de ce campement maudit.

Il s'agenouilla et, maintenant le lourd Stoner à deux mains, fit feu en demi-cercle autour de lui. L'arme démoniaque crachait toute sa puissance, et les cibles ne lui manquaient pas !

Des hurlements de douleur, des gémissements d'agonie se mêlaient au crépitement terrifiant du Stoner, tandis que surnageait, de loin en loin, l'aboiement plus rauque, plus dur, d'une AK 47.

Il était grand temps de battre en retraite. Du reste une retraite bien calculée, intelligente, coûte souvent plus de pertes à l'ennemi qu'une bataille rangée. De toute façon, Bolan n'avait plus le choix.

Le combattant de la nuit ouvrit la portière du camion et bondit à l'intérieur. Il fit démarrer le moteur d'un geste sec, passa en première, et écrasa la pédale de l'accélérateur.

La pétarade des fusils d'assaut reprit. Une balle vint s'écraser dans l'angle droit du pare-brise, le faisant exploser aussi sec.

Le camion bondit en avant si brutalement qu'il parut se cabrer. Bolan, agrippé au gros volant, le fit obliquer sur les chapeaux de roues à gauche, derrière la cahute qui servait de QG au chef arabe. Il eut un mince sourire, car le crépitement des Kalashnikov cessa instantanément : les terroristes n'osaient tout de même pas tirer sur la guérite de leur chef !

Alors commença la course folle dans la pluie

et la boue. Tenant le gros volant d'une main, les yeux braqués devant lui pour sonder la nuit, Bolan ouvrit de l'autre main la pochette contenant les grenades. Il en sortit une, la dégoupilla, toujours de son unique main, et attendit un instant.

Le camion se trouvait à présent à l'extrémité du campement. Juste devant se dressait l'énorme antenne radar en forme de disque incurvé.

Le véhicule passa au ras de son support métallique. Au même moment, Bolan balança sa grenade aussi haut qu'il put, espérant la faire atterrir dans le disque. Et le camion poursuivit sa course...

Mini compte à rebours : deux... trois !

L'explosion déchira la nuit... mais la grenade avait sauté au pied de la base-support !

Bolan jura de grand cœur, cette fois ! La charge d'explosif avait pourtant bien atterri dans la cuvette, mais elle en avait glissé pour retomber sur le sol !

Et le camion était trop loin pour qu'il puisse tenter un nouvel essai.

Tant pis. Une seconde grenade avait jailli dans la main de l'Exécuteur, dégoupillée, prête à partir. Le camion arrivait à la hauteur des deux bâtiments casernes en tôle ondulée. Bolan s'approcha d'un des murs jusqu'à le raser, et écrasa la pédale du frein pour immobiliser le lourd véhicule juste devant une des fenêtres : d'un geste sûr, il balança son oiseau mortel à l'intérieur du baraquement, puis, accélérant brutalement, fit bondir le camion en avant.

Nouveau compte à rebours :... deux... trois!

Bang! L'explosion cette fois embrasa le ciel entier, tandis que des débris de tôle giclaient tous azimuts. La caserne sembla se cabrer, avant de s'ouvrir par le milieu, béante, laissant échapper vers le ciel des lambeaux de chair, d'os, des débris de membres, bref, les restes de ceux qui, quelques instant plus tôt, étaient encore des hommes.

L'explosion pourtant était beaucoup plus importante que celle qu'aurait dû provoquer la grenade. Une seule explication possible : la charge de Bolan avait touché une cargaison d'explosifs : dynamite, TNT, plastic? Peu importe. De toute façon, le baraquement avait sauté pour de bon.

Et le grand homme en noir eut un sourire plein d'ironie : des terroristes, ces ordures-là? Eh bien, ils s'étaient fait prendre à leur propre piège, et tant pis pour eux!

Dès que la pétarade des armes automatiques avait éclaté, Khatib, le chef arabe, s'était précipité hors de son QG, suivi de près par Ahmad et Fuad.

A moins de quarante mètres de lui, accroupie en position de combat, une silhouette noire, mitraillette à la main, arrosait consciencieusement le campement de son feu meurtrier, tel un diable animé d'une folie vengeresse.

Ahmad précipita son chef sur le sol pour le protéger, sans se préoccuper de ses vociférations. Une rafale de mitraillette leur passa juste au-dessus de la tête, les frôlant presque.

Fuad s'engouffra dans la cahute pour y saisir sa Kalashnikov.

Ivre de rage, Khatib se libéra brutalement d'Ahmad et se remit sur ses jambes.

Le diable en noir grimpait dans le camion, à présent. Khatib poussa un rugissement de dépit et brandit un poing impuissant en direction du véhicule.

Le camion bondit en avant pour disparaître très vite dans l'obscurité de la nuit. Khatib avança et trébucha sur un de ses hommes accroupi à l'angle d'une des cahutes.

Le chef arabe saisit l'homme par sa combinaison de camouflage et l'obligea à se lever. Il le gifla sauvagement en travers du visage, tout en débitant un chapelet d'injures en arabe :

— Enfant de salaud ! Fils de pute du désert ! aboya-t-il, tandis qu'une salive blanchâtre apparaissait aux commissures de sa bouche. Trouillard ! Poltron ! File-moi ton arme !

Il arracha l'AK 47 des mains du type et se mit à courir vers l'extrémité du campement.

Fuad jaillit alors de la cahute. Il aperçut Khatib courant et se précipita à sa suite.

Puis Soraya sortit, mais une poigne ferme l'obligea à rentrer : c'était l'homme blond.

— Restez à couvert, ordonna Spinney. Vous ne pouvez rien faire pour l'instant.

— Planquez-vous si vous avez peur ! rétorqua-t-elle avec mépris, en se dégageant.

Spinney grimaça un sourire.

— Je n'ai pas peur, mon chou, fit-il en promenant un regard intéressé sur la longue silhouette de Soraya. Simplement, cette bagarre ne me concerne pas. Je dois être de retour sur la côte cette nuit. Vous voulez partir avec moi ?

Soraya lui lança un coup d'œil écœuré et se détourna violemment de lui au moment où Ahmad entrait hors d'haleine.

L'Arabe saisit furieusement la fille dans ses bras et se mit à la secouer sauvagement.

Malgré l'obscurité, Soraya voyait qu'il était fou de rage, d'ailleurs il avait déjà sorti son couteau.

— Où est le prisonnier ? rugit-il, sans cesser de secouer la fille. Qu'en as-tu fait ? Parle, salope !

Soraya le gifla délibérément en plein visage.

— Surveille ton langage, fit-elle sèchement. Tu n'as pas à m'appeler ainsi !

— Où as-tu mis le prisonnier ? reprit Ahmad, pas calmé pour autant.

— Nulle part, rugit Soraya. Il était dans ma cahute quand j'en suis sortie pour assister à la réunion avec Spinney. Je te le jure.

Ahmad relâcha sa prise avant de hurler :

— Il est parti, disparu, envolé ! Si c'est toi qui as fait le coup, tu le regretteras !

A cet instant précis, une grenade éclata.

Ahmad virevolta d'un bond. L'explosion avait eu lieu juste au pied de son antenne radar chérie ! Oubliant Soraya et le prisonnier disparu, il bondit dehors, courant comme un dément vers l'extrémité du camp.

Le camion filait comme un fou dans l'obscurité, zigzaguant dans la boue, cherchant à gagner les deux longs baraquements. Soraya le vit raser les murs latéraux, et prendre un virage à angle droit.

Et la seconde explosion déchira le ciel. Un bâtiment en tôle ondulée se souleva de terre, avant de s'ouvrir en deux, tout gondolé, un peu comme l'on voit, en cinéma accéléré, l'éclosion d'une fleur. Des bouts de tôle et de ferraille jaillirent vers le ciel devenu soudain jaune et orange. Puis Soraya vit d'autres choses non identifiées gicler dans le ciel. Brusquement, elle s'aperçut avec horreur qu'il s'agissait de débris humains affreusement déchiquetés : des corps décapités, des morceaux de bras, de jambes...

Pour la première fois de sa vie sans doute, la peur la cloua au sol, paralysée. Elle venait de comprendre en un instant combien elle était vulnérable dans sa chair et dans son sang !

Elle laissa échapper un cri de terreur. Spinney la saisit par le bras, mais elle se dégagea farouchement et se mit à courir comme une hystérique vers le camion qui arrivait dans sa direction.

Une seule idée l'obsédait : fuir, fuir loin de Khatib al Sulieman, de Fuad, de Ahmad, de tous... S'ils découvraient un jour qu'elle avait participé à l'évasion du prisonnier, ils la tueraient sans l'ombre d'une hésitation !

Car c'était en aidant à sauver le pauvre Laconia qu'elle avait, sans le savoir, préparé cette monstrueuse attaque du camp.

Elle courait de plus en plus vite, poussée par un désespoir profond, intense : Soraya voulait vivre ! Pas mourir !

Mack Bolan avait vu la silhouette qui se précipitait en courant au-devant du camion. Mieux, il avait même dévié un peu sa course pour percuter l'homme de plein fouet...

Un terroriste en moins, songeait-il avec un sourire amer.

Le vrombissement assourdissant du moteur poussé à fond lui remplissait les oreilles, dominé çà et là par le crépitement des Kalashnikov. La lueur de l'explosion était encore visible dans le ciel, et le campement était transformé en un champ de bataille démoniaque.

Bolan était à moins de dix mètres de la silhouette qui courait toujours quand il réalisa que c'était la fille. Il laissa échapper un juron, et braqua d'un seul coup à droite pour l'éviter, écrasant en même temps la pédale du frein. La fille s'immobilisa net en voyant le lourd véhicule déraper dans la boue.

Au tout dernier moment, elle essaya de sauter de côté, mais ne réussit qu'à glisser sur le sol détrempé, et s'affala au sol. Le camion miraculeusement parvint à s'immobiliser à quelques centimètres d'elle.

Elle se redressa instantanément sur les genoux et hurla à l'adresse de Bolan :

— Je... je vous en supplie... emmenez-moi avec vous !

Ses mots résonnèrent, pitoyables, dans l'oreille de Bolan. Il mit le frein à main et sauta vivement sur le sol, sachant pourtant que c'était une pure folie, qu'il ferait mieux de se tirer de ce camp en vitesse. Après tout, Soraya était une terroriste, elle aussi !

Mais sa voix suppliante lui était allée droit au cœur. Maintenant, elle fixait sur lui ses grands yeux écarquillés de terreur, l'implorant du regard, muette.

Le grand homme en noir se pencha sur la fille couverte de boue et, d'un mouvement leste, la saisit dans ses bras pour la déposer vivement dans le camion. Après quoi il bondit au volant, enleva le frein à main et précipita son véhicule vers le portail d'accès.

L'obscurité et la pluie l'empêchaient de voir clairement devant lui. Aussi dut-il s'approcher très près du portail pour repérer l'unique sentinelle qui le gardait. L'homme avait un genou en terre, et pointait le museau de son AK 47 vers le camion qui arrivait en trombe.

Bolan lâcha le volant d'une main, pour s'emparer du gros Auto-Mag 44 qu'il épaula tout en en faisant sauter le cran de sécurité. Il visa ensuite du côté du pare-brise éclaté un peu plus tôt et appuya sur la détente.

L'énorme projectile d'acier saisit le tueur en pleine poitrine, et sa cage thoracique s'ouvrit carrément en deux. Puis le type déjà mort se trouva projeté avec une violence inouïe contre l'un des montants du portail au pied duquel il s'affala comme une mauvaise poupée de chiffon.

Bolan passa alors la quatrième et, appuyant sur l'accélérateur, emballa le moteur à plein régime. Les pneux hurlèrent dans la boue, tandis que le lourd véhicule percutait de plein fouet les battants du portail. Ceux-ci cédèrent mollement et s'écrasèrent comme une boîte d'allumettes sous un solide coup de poing. Et le camion poursuivit sa course folle.

Ouf ! Ils étaient sortis du campement maudit. Derrière eux, des Kalashnikov furieuses continuaient d'arroser.

Bolan attaqua la pente, qui redescendait à flanc de montagne, à toute allure et négocia tant bien que mal le premier virage. Quelques secondes plus tard, dans son rétroviseur, le campement arabe avait disparu.

CHAPITRE XVI

Bolan ralentit et alluma ses phares. La route, creusée dans le flanc de la montagne, se déroulait en une interminable série de virages en épingle à cheveux. En outre, elle était fort étroite. Impossible donc de rouler vite.

Au bout d'un kilomètre environ, Bolan arrêta le camion. Il disposait d'un peu de temps. Dix minutes, au moins. Les terroristes, là-haut, avaient besoin d'organiser leur poursuite.

Le grand homme en noir se tourna alors vers la fille recroquevillée sur la banquette à côté de lui.

— C'est bon, attaqua-t-il. Expliquez-moi maintenant pourquoi vous avez si brutalement changé d'avis. Si vous étiez partie avec moi quand j'ai sorti le prisonnier du camp, vous n'auriez pas pris le risque d'avoir un trou dans la tête, comme vous venez de le faire.

Il la vit frissonner, et pas de froid, sans doute.

— Ils... enfin Ahmad a découvert que... que votre espion...

— Laconia ?

— C'est son nom ? Nous l'ignorions. Ahmad a découvert sa disparition... Ahmad est un fou sanguinaire. Il m'aurait tuée s'il avait appris que... enfin que je vous ai un peu aidé.

Bolan ne répondit rien. Il était bien obligé de croire Soraya. D'ailleurs il lui avait déjà fait confiance une fois, et elle ne l'avait pas trompé. Cependant, maintenant les choses étaient un peu différentes. Mack Bolan s'apprêtait au combat, et il lui fallait avoir une confiance absolue en Soraya ! Jusqu'ici, elle lui avait dit qu'elle avait fui le camp arabe car elle craignait pour sa vie. Ce n'était pas suffisant.

Comme si elle lisait dans les pensées de son compagnon, Soraya reprit la parole.

— Je... je ne pouvais plus rester là-bas. Quand vous êtes parti dans l'après-midi avec ce Laconia, j'ai beaucoup réfléchi ; j'ai pensé à la manière immonde dont ils avaient torturé ce pauvre prisonnier et j'ai compris alors qu'ils se comportaient comme des... bêtes fauves... des sauvages !

Elle avait craché ces derniers mots et se tut un instant avant de reprendre :

— Dès ma plus tendre enfance, on m'a appris que les Israéliens étaient des bêtes ignobles que l'on devait exterminer par tous les moyens. Ils avaient volé la terre des Arabes, tué, pillé, dévasté ! Que sais-je ? Notre combat contre eux était donc une guerre sainte — la

Jihad, comme nous disons. Mais je me rends compte à présent que nous ne valons pas mieux que nos ennemis. Peut-être même sommes-nous pires ! Torturer un être humain comme j'ai vu Ahmad le faire... placer des bombes dans des magasins, des rues bondées d'innocents ! C'est horrible, révoltant !

Bolan la laissait parler sans l'interrompre, et Soraya déballa tout ce qu'elle avait sur le cœur, comme si le fait même d'exprimer verbalement ses sentiments profonds la déculpabilisait.

— Je... je ne pouvais plus... Je ne croyais plus en Khatib. Je savais qu'il mentait. Il prétendait agir pour notre peuple, mais en fait il agit pour de l'argent. D'ailleurs Spinney le lui a dit, et Khatib ne l'a pas démenti. Mais mieux que de l'argent, Khatib rêve de puissance, et pour l'obtenir un jour, il emploiera n'importe quel moyen : tuer, torturer, détruire, rien ne lui fait peur, s'il parvient enfin à jouer un rôle important dans le monde arabe. Quant à notre cause, il s'en moque pas mal. Pour lui, c'est seulement un moyen de servir ses ambitions personnelles.

Elle prit une profonde inspiration, avant d'exploser brutalement :

— Oh, je le déteste ! Je le hais, comme je hais tout ce qu'il représente !

— Vous luttiez pourtant pour le même idéal que lui, fit doucement observer Bolan.

La fille leva fièrement la tête, et regarda son compagnon droit dans les yeux.

— Mon idéal, c'est mon peuple, déclara-t-elle gravement. Je crois que mon peuple doit retrouver ce qui lui a été volé. Je crois que les Palestiniens ont droit à une patrie. Mais ce n'est pas par la violence qu'ils l'obtiendront. Le meurtre de milliers d'innocents, les tueries ignobles, les bombes, rien de tout cela ne fera avancer leur cause. Nous devons agir comme des êtres raisonnables, intelligents, et discuter, négocier. C'est seulement ainsi que nous établirons une paix durable.

— Etes-vous prête à m'aider pour arrêter net l'opération mise au point par Khatib et ses terroristes ? demanda brusquement Bolan.

Soraya hésita un moment avant de répondre. Enfin, elle hocha lentement la tête.

— Ou... Oui. Je le ferai, car c'est mon devoir.

— Expliquez-moi maintenant le plan de Khatib. Il a installé une antenne pour satellite, et poursuit, grâce à elle, un engin spatial américain, c'est bien cela ?

— En effet.

— Dans quel but, exactement ?

— Parce que le satellite visé contient toutes les informations concernant les allées et venues du pétrole brut américain.

— Mais comment sait-il déchiffrer les codes de nos satellites ?

— Grâce à Spinney et son équipe. Ces gens-là ont des sources de renseignements très bien placées auprès de votre gouvernement. D'ailleurs ce sont eux qui ont financé la mise sur orbite de ce satellite, il y a cinq ans.

— Savez-vous exactement comment vont se dérouler les opérations ? demanda Bolan en regardant Soraya droit dans les yeux.

— Non, pas précisément. Je sais seulement que Khatib n'a qu'une obsession : détruire un satellite américain. C'est son rêve depuis longtemps. Or Spinney, lui, exige à présent que nous détruisions le canal de Panama. Il veut que Khatib le fasse sauter avec ces missiles Scud B qu'il nous a fournis. De toute façon, ils sont tous complètement fous. Je m'en rends bien compte, aujourd'hui.

— Entièrement d'accord avec vous, jeune femme, fit Bolan avec un mince sourire.

Pourtant l'ampleur du projet de Khatib commençait à l'inquiéter sérieusement. Il fallait agir vite, très vite, pour anéantir ce fou mégalomane. Or une attaque militaire en règle prendrait bien trop de temps... Il ne restait donc qu'une solution : celle de l'Exécuteur, seul contre tous.

La pluie tambourinait sur le toit du camion. Malgré ce martèlement, l'oreille exercée de Bolan discerna bientôt un autre bruit faible, mais régulier : des moteurs qui descendaient la route à bas régime.

Spinney avait assuré qu'il devait regagner Puerto Obaldia dans la nuit. Mais d'après ce que l'on entendait, Spinney n'était pas seul. Il avait apparemment une véritable escorte.

Bolan remit le camion en marche et passa la première. Il savait qu'il pouvait gagner les autres de vitesse et parvenir bien avant eux au bas de la montagne, pour leur tendre un guet-apens. Il conduisait beaucoup mieux que ses poursuivants.

Il pouvait aussi abandonner le camion sur la route, et filer avec la fille rejoindre Laconia. Solution de facilité ! Il avait déjà pris des risques immenses : il n'allait tout de même pas fuir devant l'ennemi quand l'occasion se présentait de l'atteindre dans un de ses centres vitaux.

Brutalement, il enclencha la marche arrière et fit reculer le camion pour le mettre en travers de la route, l'arrière complètement bloqué contre le flanc de la montagne. Le gros véhicule bouchait la route étroite sur toute sa largeur. Comme il était placé à la sortie d'un virage, Spinney et son escorte ne le verraient qu'au tout dernier moment. Si par hasard ils roulaient vite... après tout c'était leur problème.

Bolan s'empara du Stoner, posé sur la banquette entre lui et Soraya, puis :

— Allons-y ! ordonna-t-il.

Mais Soraya le retint doucement par le bras.

— Attendez, implora-t-elle timidement.

Le grand homme en noir lui lança un regard plein de soupçons : avait-elle changé d'avis ?

— J'ai promis de vous aider, murmura la fille, et je tiendrai ma promesse. Mais je ne peux pas...

— Vous ne pouvez pas quoi, exactement ?

— Je ne peux pas tirer sur... sur mes frères.

Bolan lui répondit avec un sourire froid :

— OK, mon chou, moi je m'occupe de la mitraille. Vous, vous suivez et vous rentrez la tête dans les épaules. Ça vous va ?

Elle hésita un instant avant d'acquiescer.

Bolan sauta du camion, le Stoner à la main. Derrière, sous la bâche, se trouvaient les cadavres des deux sentinelles qu'il avait tuées un peu plus tôt, ainsi que leurs fusils d'assaut AK 47.

Les deux AK risquaient d'être utiles...

Il les sortit du camion, et les plaça sur son épaule. Soraya l'attendait debout dans la pluie, toute tremblante de froid.

— Suivez-moi ! aboya-t-il en s'élançant dans les fourrés.

Derrière lui, il entendait la fille qui peinait pour le suivre, s'accrochant de son mieux pour escalader le terrain accidenté. Une ou deux fois, il s'arrêta pour l'attendre et l'aider à passer un point particulièrement difficile.

Ils arrivèrent à une sorte d'avancée rocheuse qui surplombait la route en amont de trois mètres à peu près. Bolan enjamba les rochers et tira Soraya pour la cacher derrière lui.

— Ici, vous ne risquez rien, lui dit-il. Mais n'oubliez pas de rentrer la tête dans les épaules.

Bolan, lui, eut à peine le temps de s'installer, les deux AK 47 posées à sa droite et la crosse du Stoner nichée contre le creux de son épaule. Déjà des phares apparaissaient à la sortie du virage.

CHAPITRE XVII

Le premier camion déboucha de la courbe. Il roulait beaucoup trop vite pour cette route étroite et glissante.

Derrière lui apparut la grosse Land Rover couverte de boue : la voiture de Spinney.

Enfin, fermant le convoi, un troisième camion identique à celui que Bolan avait immobilisé en travers de la route, et dont les phares éclairaient l'intérieur de la Land Rover qui le précédait. OK, Spinney faisait bien partie de la fête. Il était là, assis sur le siège du passager.

Le chauffeur du camion de tête aperçut le véhicule bloquant la route au tout dernier moment. Bolan vit son regard stupéfait ; sans doute le pauvre type tenta-t-il de freiner à mort, mais son camion ne ralentit pas pour autant.

Le grand homme en noir en effet venait de caresser la détente du Stoner. Le chauffeur n'eut sûrement pas le temps d'effleurer la pédale du frein. Comme une volée furieuse de frelons enragés, la giclée de 5.56 mitrailla le pare-brise du camion qui vola en mille éclats de verre coupants et meurtriers. Les centaines d'éclats brûlants criblèrent ensuite la tête du chauffeur, dont le crâne explosa en une immonde mélasse d'os, de sang et de matière visqueuse vaguement blanchâtre.

Cette première rafale avait déjà transformé la route en chaos infernal, et son crépitement vibrait encore dans l'air gorgé de pluie, quand le camion percuta de plein fouet celui laissé en travers par Bolan.

L'effroyable crissement du métal écrasé rugit comme un monstrueux gémissement d'apocalypse. Puis, sous la violence de l'impact, le camion de Bolan vacilla et, lentement, bascula dans le précipice bordant le côté droit de la route. Il y fut immédiatement suivi par le second camion qui disparut à son tour. Alors, dans la nuit, retentirent des hurlements sinistres : les cris d'angoisse et d'agonie des terroristes coincés à l'arrière du camion qui tombait dans l'abîme en chute libre, entraînant son chargement humain vers une funeste destinée...

Mais Bolan n'avait pas le temps de s'appesantir sur le sort maudit de ces rebelles sanguinaires.

Il balança d'abord une courte giclée de 5.56 dans les pneus avant de la Land Rover, histoire de l'immobiliser, puis une seconde, rapide aussi, dans le moteur.

Restait maintenant le camion fermant le

convoi. Une fois encore, le Stoner cracha sa mitraille diabolique, tandis que sa crosse tambourinait dur contre l'épaule de Bolan. Du verre brisé explosa en tous sens, et les freins du véhicule crissèrent avec fureur. Le gros camion dérapa dans la boue, passant d'un bas-côté à l'autre, comme un crabe dément. Puis il percuta l'arrière de la Land Rover et s'immobilisa lourdement sous le choc.

Des hommes jaillirent comme des fous de l'arrière du camion, leur fusil d'assaut au poing. Seul le chauffeur, écroulé sur son volant, ne bougea pas. Il avait le thorax criblé de balles !

Bolan visa d'abord le groupe de terroristes le plus proche. Le Stoner cracha deux pastilles brûlantes... et plus rien. Le chargeur venait de sauter, vide.

Bolan laissa tomber l'arme pour s'emparer de la Kalashnikov la plus proche. C'était plus rapide que de recharger le Stoner, d'autant que le chargeur de rechange était solidement accroché à la ceinture militaire.

A présent c'était l'aboiement rauque, sourd, de l'AK 47, qui ponctuait les hurlements des terroristes enragés, et le fusil d'assaut, pourtant plus lourd que le Stoner, remplissait parfaitement son œuvre de mort car Bolan en connaissait parfaitement le maniement pour s'en être souvent servi au Viêt-nam.

Le grand homme en noir vida consciencieusement les trente 7.62 du chargeur, en six courtes salves destinées aux terroristes les plus audacieux. Le fusil d'assaut répondit avec toute la précision voulue et, quand il fut vide, Bolan s'empara de son frère jumeau pour répéter sa chansonnette meurtrière. Des corps gesticulaient avant de s'effondrer sur le sol, des hommes hurlaient, et l'air crépitait, comme agité par un halètement d'horreur.

Mais, quelque part derrière le camion de queue, on commençait à renvoyer le feu. De grosses balles d'acier brûlant passaient en sifflant pour se ficher violemment dans le flanc de la montagne, juste au-dessus du promontoire de Bolan.

L'Exécuteur saisit alors, dans une des poches de sa ceinture, deux grenades à fragmentation qu'il dégoupilla d'un geste sec.

Comme il avait cessé de mitrailler quelques secondes, le feu ennemi redoubla. Deux terroristes en profitèrent pour surgir de derrière le camion leur servant de protection, pointant la gueule de leur AK 47 vers le promontoire rocheux. Avec une audace insensée, ils se ruèrent dans la boue, glissant, pataugeant sur le sol rendu visqueux par la pluie et le sang, pour tenter de grimper à l'assaut du perchoir de Bolan. Celui-ci vit leurs visages défigurés de haine, tandis qu'ils couraient en hurlant :

— *Allah !... Allah akhbar !...*

Bolan balança ses deux grenades pratiquement en même temps. La première fit un arc de cercle dans l'air, pour atterrir juste sous le camion. La seconde atteignit très précisément le pare-chocs.

Les deux engins explosèrent simultanément, et le rideau de pluie parut se scinder en deux, tandis que le lourd véhicule se cabrait au-dessus du sol, pour retomber pesamment sur ses pneus crevés. Les hommes planqués derrière se trouvèrent projetés à plusieurs mètres, en une sorte de feu d'artifice humain insensé.

Deux d'entre eux, pourtant, se relevèrent. Ils étaient un peu sonnés, et avaient le visage couvert de sang. Mais ils n'en repartirent pas moins à l'attaque, brandissant leur fusil d'assaut.

Bolan saisit le gros Auto-Mag 44 et pivota lentement pour se placer en position de tir. L'arme cracha sèchement par deux fois.

Deux cent quarante billes d'acier cisaillèrent l'air trempé de la nuit, déchiquetant la chair et les os des assaillants, pour les réduire en une bouillie informe qui s'écroula mollement dans la boue, définitivement inerte.

Subitement, le silence s'établit : un silence presque inquiétant, après le crépitement assourdissant des armes automatiques, un silence insolite en tout cas, comme si brusquement tout avait cessé de vivre...

Bolan entendit alors le souffle haletant de la fille recroquevillée derrière lui.

— C'est fini, grommela-t-il. Mais ne bougez pas.

Rapidement, il se dégagea du promontoire rocheux, maintenant toujours l'Auto-Mag en position de tir, et s'approcha de la route.

Les phares de la Land Rover étaient encore

allumés, et ils éclairaient un spectacle d'horreur... Un carnage sanglant, fumant, où le sang et la chair broyée se mêlaient à la boue...

En plein milieu de la route, les cadavres des deux Arabes qui avaient tenté de prendre d'assaut la position de Bolan gisaient, baignant dans la mare de leur sang où flottaient des débris de chair déchiquetée.

Bolan dépassa la Land Rover. Dans le camion, le corps du chauffeur décapité était affalé sur le volant. Les balles 5.56 avaient découpé une savante dentelle sur toute la surface de sa poitrine. A côté de lui, un autre terroriste s'était effondré sur le levier de vitesse.

Bolan jeta ensuite un coup d'œil à l'arrière du camion : à part un tueur encore en vie, il ne restait là-dedans que des cadavres. L'homme qui respirait encore paraissait mourant. Bolan sauta dans le camion et s'agenouilla auprès de lui. C'était un gosse à peine sorti de l'adolescence. Il entrouvrit les paupières, et Bolan vit son regard toujours brûlant de haine, malgré le triste état où il se trouvait.

Le grand homme noir le contempla quelques instants avant de placer le museau de l'AutoMag contre sa tempe. Puis il pressa doucement sur la détente, et la tête du mourant explosa brutalement. Un geste de miséricorde, somme toute...

On n'entendait plus maintenant que le bruit de la pluie. Bolan s'approcha de la Land

Rover. Le chauffeur était mort. A côté de lui gisait Spinney, l'Occidental blond.

Bolan lui attrapa le bras pour sentir son pouls. OK, il vivait encore.

Le grand homme en noir le tira hors du véhicule, et l'allongea sur la route, la tête contre la roue arrière de la Land Rover. La pluie tombait drue sur le visage de Spinney. Bolan attendit patiemment. Au bout de quelques minutes, l'homme battit mollement des paupières, et entrouvrit les yeux. Spinney regarda vaguement autour de lui sans comprendre.

Bolan posa le canon de l'Auto-Mag contre son front.

— Je veux que tu parles, fit-il d'une voix rauque, impitoyable et dure. Dis-moi ce que mijote ce salopard de Khatib !

Spinney secoua la tête, et ses yeux, lentement, se refermèrent. Bolan le gifla avec violence.

— Parle, tu m'entends ! aboya-t-il.

Spinney eut une sorte de gargouillement de gorge, et une mousse d'écume rougeâtre jaillit de sa bouche pour lui dégouliner le long du menton.

Bolan le saisit par les cheveux et lui releva brutalement la tête.

— Je t'ai dit de parler, tu...

Il ne termina pas sa phrase. *Parler !* C'en était terminé pour Spinney. Il ne parlerait plus jamais, ni à Bolan, ni à personne. Du sang coulait goutte à goutte de son cou. Il provenait d'une profonde blessure à la gorge dans laquelle on voyait encore miroiter un bout de ferraille tordue.

Bolan le lâcha, et il retomba de côté, mort.

Bolan récupéra une demi-douzaine de chargeurs de 7.62 intacts pour ses deux Kalashnikov. Après quoi, il retourna à son perchoir chercher ses armes et la fille. Il laissait derrière lui un champ de bataille jonché de cadavres : un message clair pour Khatib al Sulieman.

Soraya s'était remise debout, et Bolan, en s'approchant, vit l'horreur inscrite sur son visage. Elle était tendue et tremblait comme une feuille.

— Prête à partir ? demanda-t-il d'une voix neutre.

Elle hocha la tête, incapable d'articuler un son.

Bolan prit les deux Kalashnikov et le Stoner, puis consulta sa boussole : la cabane de bûcheron où il avait laissé Laconia se trouvait à un peu moins de deux kilomètres.

Il se mit en route, suivi de Soraya. Derrière lui, la pluie laverait bientôt les cadavres avachis dans la boue, et le cyclone sans doute les balaierait à jamais. Mais il en faudrait bien davantage pour laver leurs âmes damnées de toutes leurs turpitudes...

CHAPITRE XVIII

Le râle rauque et irrégulier de Laconia résonnait dans la cabane quand Bolan y pénétra. Il alluma sa torche électrique : Laconia gisait, toujours allongé sur le sol, sa tête reposant sur la veste de treillis de Bolan, roulée en boule en guise d'oreiller.

Soraya se précipita vers le blessé et, s'agenouillant, posa une main fraîche sur son front.

— Il est brûlant de fièvre ! souffla-t-elle. Vous n'auriez pas quelque chose pour...

— Je lui ai déjà donné de la pénicilline, et j'ai mis de la pommade antibiotique sur ses plaies, répliqua Bolan. Maintenez-lui un mouchoir humide sur le front.

L'Exécuteur déposa ensuite ses armes par terre. Il défaisait sa ceinture militaire quand retentit le bip-bip aigu de la mini-radio glissée dans une poche de la combinaison noire. Bolan dégagea immédiatement l'appareil, et appuya sur le bouton « écoute ».

Un grésillement intense retentit dans l'appareil, puis des mots espacés, mais à peu près clairs :

— ... *Pierre I... Oiseau Bleu... à Homme de Pierre I... vous me recevez ? Terminé.*

Bolan approcha l'appareil de sa bouche :

— Ici Homme de Pierre I... Homme de Pierre I à Oiseau Bleu... je vous reçois... Terminé.

Il répéta son appel une fois encore. De la friture crachouilla dans l'appareil, puis :

— ... *détecteur... placement...*

Les parasites rendaient le reste du message incompréhensible. Mais les mots retentirent une seconde fois :

— *Branchez... détecteur d'emplacement...*

Sans même confirmer, Bolan saisit son barda pour en sortir une petite boîte noire pas plus grosse qu'un paquet de cigarettes. Il en dégagea la minuscule antenne et brancha le système. Après quoi, il sortit sous la pluie et installa le petit appareil sur le sol, non loin de la cabane.

Sa radio grésilla à nouveau, mais cette fois, la voix lui parvint clairement :

— *Oiseau Bleu... à Homme de Pierre I... Nous vous avons situé... arrivée prévue... dix minutes environ... pouvez-vous répéter ?*

— Roger, répliqua Bolan. Arrivée prévue dix minutes.

— *Oiseau Bleu à Homme de Pierre I... nous vous recevons très bien, maintenant... Etes-vous prêt à partir... avec passager ?*

Bolan n'hésita pas une seconde.

— Affirmatif pour passager, déclara-t-il dans son micro. Venez le prendre.

Une nouvelle voix retentit alors :

— *Homme de Pierre I... c'est le commandant de l'appareil qui parle... avons ordre de récupérer deux hommes...*

Brusquement la communication fut coupée. Bolan aboya vivement dans son micro :

— Oiseau Bleu, venez... vous m'entendez, Oiseau Bleu...

Rien. Puis enfin :

— *Homme de Pierre I... Homme de Pierre I... Ici Oiseau Bleu... Allumez vos fusées... Allumez vos fusées...*

Bolan avait bien noté l'angoisse dans la voix du copilote. Il fouillait son barda pour en sortir ses deux fusées éclairantes, quand la voix reprit :

— *Avons... ennuis... commande... hélice... rotor... Allumez vos fusées.*

Bolan sortit les deux petits cylindres, et se précipita au-dehors pour les placer au centre de la clairière. Le récepteur était dans sa poche, mais il n'en entendait pas moins la voix claire et forte du copilote.

— *Oiseau Bleu appelle base... Oiseau Bleu à Base... C'est un SOS... Problème grave... Vous nous recevez ?*

Silence.

Bolan posa la première fusée sur le sol et appuya sur le bouton autodéclencheur. Des flammes immenses d'un beau rouge orange jaillirent vers le ciel. Il courut ensuite placer l'autre à vingt mètres de distance, et la fit partir également. Pendant ce temps, le récepteur résonnait toujours.

— *Affirmatif, base... C'est un SOS... commande rotor... allons tenter atterrissage...*

Silence, puis :

— *Affirmatif, base... ne pourrons pas redécoller... Appel SOS...*

La transmission radio était beaucoup plus forte à présent. Tendant l'oreille, Bolan crut percevoir le ronflement de l'hélicoptère.

— Oiseau Bleu, appela-t-il dans son micro. Je crois que je vous entends au sud-est.

— *Roger, Homme de Pierre I... vous recevons très bien... voyons clairement vos fusées... Mais avons problème grave...*

La voix s'évanouit. Bolan s'accroupit près de la cabane, scrutant le ciel sombre au sud-est, à travers le rideau de pluie.

Dans la clairière, la lueur incandescente des deux fusées jaillissait très haut dans le ciel noir.

Faible d'abord, puis de plus en plus fort, le sourd battement des pales de l'hélice résonna dans la nuit. Un bruit étrangement irrégulier, pourtant... Quelques secondes après Bolan distinguait le gros appareil, qui émergeait tout juste de la couche de nuages.

Il était à peine à trente mètres du sol et arrivait par le côté, luttant visiblement contre les rafales de vent de travers.

Le bruit des moteurs et de l'hélice martelait l'air, mais visiblement quelque chose n'allait pas ; et comme l'appareil approchait du sol, le bruit devint un sifflement infernal, tandis que l'énorme hélicoptère, en un soubresaut monstrueux, perdait brutalement dix mètres d'altitude, et oscillait dangereusement sur le côté.

Bolan comprit immédiatement que la catastrophe était imminente, et jura à haute voix.

Mais le pilote de la Marine connaissait son métier... et il avait de la chance aussi !

L'appareil se redressa lourdement, tressauta encore un peu, puis perdit à peu près régulièrement les quelques mètres qui le séparaient du sol. Il réussit à atterrir avec un bruit de ferraille arrachée et se coucha brutalement sur le flanc.

Avant même qu'il ne soit au sol, Bolan courait déjà. Quand il arriva devant l'appareil, il nota tout de suite qu'un des patins était arraché. Les pales du rotor, immobiles à présent, étaient curieusement tordues en leur extrémité. Du liquide s'échappait à flots des deux réservoirs de carburant.

Bolan bondit sur le cockpit de l'appareil et, empoignant le sas de sortie, tira de toutes ses forces pour l'ouvrir. Dieu merci, il céda.

Passant alors la tête par l'ouverture, il se trouva face à face avec le visage ensanglanté du pilote. L'homme paraissait sonné.

Bolan l'attrapa sous les aisselles, et le tira hors de l'appareil.

— Le copilote... haleta le pilote à peine arrivé sur le sol. Sortez-le...

Bolan plongea à nouveau dans la cabine

pour trouver le copilote inconscient, affalé sur le tableau de bord. Il défit rapidement le harnais de sécurité et sortit l'homme de son siège pour le traîner jusqu'à l'ouverture. Puis il sortit le premier, et fit basculer le corps sur son épaule.

Le pilote semblait avoir un peu repris ses esprits, et soutenait d'une main sa tête ensanglantée.

— Dépêchons-nous, fit-il d'une voix entrecoupée. Les réservoirs sont crevés !

Bolan rééquilibra son fardeau, et démarra en trombe, suivi de près par le pilote.

Le gros appareil, tel un insecte préhistorique, gisait toujours sur le flanc. Et brutalement, une gigantesque boule de feu orange et jaune jaillit dans le ciel...

La secousse de l'explosion projeta Bolan sur le sol. Mais Dieu merci, il n'était pas blessé. Il se redressa illico et retourna doucement le corps du copilote, tombé avec lui.

— Comment... comment est-il ? demanda anxieusement le pilote, penché à son côté.

L'Exécuteur palpa d'une main experte le corps inanimé.

— Il est atteint, fit-il en se remettant sur ses jambes. Assez gravement, dirait-on.

Le pilote regarda la main qu'il avait portée à sa tête : elle était couverte de sang. Son autre bras pendait inerte, contre sa hanche.

— Merde alors ! souffla-t-il, écœuré. Qu'allons-nous faire, maintenant ?

CHAPITRE XIX

A la base aéronavale d'Howard, sur la côte pacifique de la zone du Canal, Jack Grimaldi faisait nerveusement les cent pas dans le bureau qui lui avait été alloué.

Depuis plus d'une heure, il attendait avec anxiété des nouvelles de l'hélicoptère de la Marine parti pour récupérer Mack Bolan.

Une fois encore, il consulta sa montre : bon sang ! Les aiguilles paraissaient figées sur place...

On frappa doucement à la porte.

— Entrez, cria Grimaldi.

Un jeune lieutenant apparut.

— Alors ? aboya le pilote, sans même lui laisser le temps de parler.

— Le commandant aimerait vous parler, Sir, fit très poliment le lieutenant. Voulez-vous me suivre ?

— Bon Dieu ! Vous savez quelque chose ?

— Le commandant désire s'entretenir avec vous personnellement, reprit calmement le lieutenant. Par ici, Sir, je vous prie...

Le commandant de la base était un homme courtaud, baraqué, avec un visage ferme et déterminé. Sur sa poitrine, toute une panoplie de rubans de couleur et de décorations disait clairement son glorieux passé militaire. Grimaldi, ex-pilote de guerre au Viêt-nam, en fut lui-même impressionné.

Le commandant n'avait cependant pas l'air très guilleret.

— Nous avons des nouvelles, attaqua-t-il dès que Grimaldi eut passé le seuil de la porte. Et elles ne sont pas bonnes.

Une grande carte du golfe de Panama ainsi que du nord de la Colombie couvrait tout un mur du bureau. Le commandant s'en approcha, et posa son doigt au nord-est du golfe d'Uraba.

— Un gros hélicoptère Sea Stallion a décollé d'un navire-porteur dans cette zone-là il y a plusieurs heures. Les conditions météorologiques se détériorant d'instant en instant, le navire-porteur a dû filer de ce secteur.

Le commandant déplaça son doigt jusque vers Acandi, au sud-ouest, avant de reprendre :

— L'hélicoptère devait franchir la côte à peu près là, puis foncer droit jusqu'à l'endroit où l'on avait débarqué l'Homme de Pierre I.

Grimaldi écoutait intensément, s'attendant au pire. Le commandant poursuivit :

— L'appareil devait donc récupérer l'Homme de Pierre I et son passager, puis mettre le cap à l'ouest du golfe de Panama pour s'éloigner de la trajectoire du cyclone. Il y a, en effet, un autre navire-porteur léger qui patrouille par là-bas. C'était donc leur destination.

— Et ils n'y sont jamais parvenus, c'est ça ? fit carrément Grimaldi.

Le commandant ne lui répondit pas directement.

— L'hélicoptère, l'Homme de Pierre et le porteur sont restés en communication-radio constante. Je ne sais pas si la liaison s'effectuait *via* satellite, ou si un avion volant en altitude assurait le relais. De toute façon, quelle importance ? Il y a quelques minutes, nous avons reçu ceci. C'est le dernier message que le navire-porteur a réussi à capter.

Le commandant appuya sur un bouton du magnétophone placé sur son bureau. Un grésillement de parasites remplit la pièce, puis des voix résonnèrent, et Grimaldi écouta le dernier échange entre Mack Bolan et l'équipage du Sea Stallion.

Les voix se turent brusquement. Le commandant coupa le magnétophone, mais dans la tête de Grimaldi les derniers mots du message de détresse continuaient de résonner comme un glas lugubre :

— C'est un SOS... SOS. ... Nous avons un problème...

Ouais, ils étaient dans de sales draps, et Grimaldi, ancien pilote de guerre, n'avait pas besoin qu'on lui fasse un dessin. Des années après son expérience au Viêt-nam, il éprouvait pour ces hommes en détresse le même élan d'émotion et de respect : des hommes qui savaient jouer leur vie pour remplir leur devoir !

Le commandant reprit la parole.

— Nous avons averti Washington. L'officier, là-bas, nous a ordonné de vous mettre au courant.

Il hésita un instant avant de reprendre :

— Je suis désolé, Sir. J'ai cru comprendre que l'Homme de Pierre I était un de vos amis personnels...

— Qu'entendez-vous par là ? coupa violemment Grimaldi. Il n'est pas mort ! Pas encore, en tout cas !

— Cela ne vaut hélas guère mieux, marmonna le commandant. Maintenant que l'hélicoptère a disparu, nous n'avons plus aucun moyen de récupérer notre homme. En plus, avec ce satané cyclone qui arrive à toute vitesse...

— Attendez un peu ! Qui a dit qu'on ne pouvait pas les récupérer ?

Le commandant le regarda, interdit.

— A dire vrai, Sir, rétorqua-t-il froidement, je doute que nous puissions risquer un second équipage pour tenter d'aller le chercher. Alors...

Mais Grimaldi ne l'écoutait plus. Il avait bondi vers la carte murale et l'étudiait avec attention. Il mesura la distance séparant la base de Howard de la Sierra del Darién : OK, pas de problème : quatre cents kilomètres. Voilà qui lui laissait toute l'autonomie voulue. Sur l'île de Toboga, à quinze kilomètres au sud-est de la base de Howard, se trouvait une station VORTAC avec VHF, et plus à l'est, de l'autre côté du golfe de Panama, la station VOR de La Palma. Il pourrait donc naviguer en toute sécurité. Satisfait, il se retourna vers le commandant.

— Commandant, êtes-vous au courant du télégramme que Washington a envoyé ici à mon sujet ?

— En effet, je l'ai lu. Nous devons vous fournir toute l'assistance nécessaire.

Grimaldi eut un sourire grinçant.

— Ouais, c'est ça. Eh bien, je désire qu'un hélicoptère Cobra soit prêt à décoller dans une demi-heure. Avec le plein de carburant, et son équipement de chasse au complet.

Le commandant allait protester, mais Grimaldi le coupa net.

— Faites ce que je vous demande, aboya-t-il. Et ne perdez pas de temps à discuter. Si d'aventure je disais à Washington que vous avez refusé de coopérer, croyez-moi, ça chaufferait dur pour vous. Vu ? Et tant que vous y êtes, prévenez le hangar de l'armement que je vais y passer dans cinq minutes. Je désire emmener certaines bricoles avec moi.

— Mais c'est du suicide ! s'exclama le commandant. Vous ne vous en sortirez pas, avec le cyclone. Et un petit hélicoptère dans une tornade pareille... Mince, alors ! Ecoutez, mon vieux, si vous voulez vous tuer, collez-vous donc une balle dans le crâne. C'est plus simple et plus rapide !

Mais Grimaldi était déjà loin. Il regagnait à grands pas son bureau, pour y récupérer son équipement de vol.

Les minutes étaient comptées, à présent. Il lui fallait prendre ses cartes de navigation, établir son plan de vol, passer voir les gars de la météo. Puis brancher dans le système de communication du Cobra un petit émetteur à quartz correspondant à celui que Bolan portait avec lui. Et enfin prendre dans le hangar de l'armement un certain nombre de joujoux dont Bolan aurait sûrement l'utilisation...

Une demi-heure n'était pas grand-chose... Pourtant l'ancien pilote de guerre brûlait d'impatience, car ces trente minutes lui semblaient soudain une éternité.

Il était quatre heures et demie du matin. Ils avaient attendu toute la nuit et n'avaient reçu que quelques messages intermittents et peu explicites.

A la ferme de l'Homme de Pierre, Schwarz raccrocha le téléphone intérieur, branché sur la salle des communications. Il se tourna immédiatement vers Brognola et Rose d'Avril.

— C'était le Pentagone, déclara-t-il. Ils sont fous de rage, là-bas. Grimaldi a obligé le commandant de la base de Howard à lui fournir un hélicoptère Cobra. Le général que j'ai eu au bout du fil s'étranglait d'indignation.

D'après lui, quand ils ont dit « toute l'assistance nécessaire », ils n'entendaient tout de même pas un hélicoptère de combat armé jusqu'aux dents et représentant plus d'un million de dollars !

— Comment cela, armé jusqu'aux dents ? s'enquit vivement Brognola.

— Vous savez ce qu'est un Cobra, Hal ? répliqua Schwarz. C'est la version, en hélicoptère, d'un avion de chasse. Un engin de mort, croyez-moi ! Un truc capable de faire n'importe quoi et quand il vous pique dessus, avec tous ses canons dehors, on a intérêt à se tirer du milieu !

Schwarz eut un sourire grimaçant avant de poursuivre :

— Faisons confiance à Grimaldi, il a certainement transformé son Cobra en arsenal volant. Je suis sûr qu'il a même prévu quelques missiles sol-air !

— Nom de Dieu ! explosa Brognola, mais que...

— On dirait bien que Jack est parti en campagne solitaire, coupa Schwarz avec un large sourire.

— Mais il est fou ! s'exclama Rose d'Avril, alarmée. Même s'il parvient à joindre Mack, jamais il ne résistera au cyclone. Pas avec un hélicoptère en tout cas. Et ils mourront tous les deux !

Blancanales s'approcha de la jeune femme et lui posa doucement une main sur l'épaule.

— Allons, du calme, Rose. Ne perdez pas

confiance, voyons ! Si quelqu'un peut sauver Bolan, c'est Grimaldi, et personne d'autre.

Rose se retourna pour le regarder.

— Pol, vous le savez aussi bien que moi : ils n'ont pas une chance sur mille de s'en sortir vivants, et...

Mais Blancanales lui posa un doigt sur la bouche.

— Chut, Rose ! « Impossible » est un mot que l'Exécuteur ne connaît pas. Pas plus que Jack, d'ailleurs, surtout quand Mack est en difficulté.

Il vit des larmes scintiller dans les yeux de Rose, mais elle détourna vivement la tête.

Et tout au fond de lui, il devait bien se l'avouer, il était aussi malade d'angoisse que la jeune femme. Pourtant, à quoi bon le montrer ? Mieux valait se contenter d'une petite prière qui ne ferait de mal à personne...

Une prière silencieuse... un cri du cœur muet...

CHAPITRE XX

Khatib al Sulieman écumait de fureur. Ses yeux sombres lançaient de dangereux éclairs, tandis qu'il marchait de long en large dans la pièce minuscule qui lui servait de QG.

— Des fientes de chameaux, des fumiers de chiens galeux, voilà ce que vous êtes ! rugit-il en arabe à l'adresse de ses deux lieutenants.

Ahmad rougit sous l'insulte, et son doigt passa instinctivement sur le fil de son long couteau, mais Fuad lui posa une main sur le bras et le serra fort.

— Nous avons fait ce que nous pouvions, protesta-t-il.

Khatib lui lança un regard meurtrier avant de se remettre à hurler :

— Un homme ! Un homme seul ! Et regardez dans quel état nous sommes !

Fuad se mordit les lèvres, mal à l'aise.

— Comment s'est-il introduit dans le camp ? aboya le chef arabe. Ahmad, c'est toi qui es chargé de la sécurité. Réponds-moi !

— Il a fait une brèche dans la clôture,

rétorqua le tueur. Nous avons retrouvé l'endroit où il a cisaillé le grillage.

— Mais non ! s'exclama Fuad, stupéfait. Il est rentré avec le camion d'approvisionnement. Il était caché à l'arrière. Il a pris les sentinelles par surprise, quand il a sauté à terre. C'est normal, d'ailleurs, les gardes du portail étaient sur le qui-vive, mais pas ceux qui patrouillaient dans le camp.

— Attends un peu, fit vivement Khatib avant de se tourner vers Ahmad. Parle-moi de cette brèche dans la clôture !

Ahmad haussa les épaules.

— On a trouvé le grillage coupé, à un endroit. J'en ai conclu qu'il avait pénétré dans le camp par-là.

— Tu sais ce que signifie cette brèche ?

— Oui. Que quelqu'un s'est introduit en douce...

— Exactement, rugit Khatib. Quelqu'un a pénétré à notre insu dans le camp. Mieux, ce chien... ce fils de pute est revenu une seconde fois, planqué à l'arrière du camion ! Il a trompé notre système de surveillance deux fois ! Deux fois, tu m'entends, Ahmad ? Et c'est ta faute ! Tu es responsable de la sécurité du camp !

Khatib tourna alors vers Fuad son visage blême de rage.

— Nous avons perdu combien d'hommes, exactement ?

— Dix-huit, répondit lentement Fuad. Plus sept très sérieusement blessés.

— Vingt-cinq hommes ! hurla Khatib, tandis que sa salive formait une écume blanche au coin de sa bouche. Nous avons perdu vingt-cinq de nos frères, parce que vous deux n'avez pas fait votre devoir comme vous le deviez !

— J'étais très occupé avec l'ordinateur, protesta Ahmad. Les autres auraient pu...

— Je t'ai chargé de la sécurité, oui ou non ? rugit Khatib. Vingt-cinq hommes ! Et Soraya, en plus !

Ahmad ne répondit rien, mais son silence ne fit qu'accroître la rage du chef arabe.

— Oui, Soraya ! hurla-t-il à nouveau. Que lui est-il arrivé ?

Fuad tendit les mains en un geste d'apaisement, tandis qu'Ahmad ne répondait toujours rien ; mais son visage s'était durci.

Khatib tonna encore :

— Bien entendu, personne ne le sait ! Et le dernier qui l'a aperçue affirme que ce... ce chien fou furieux l'a emmenée avec lui ! Il la détient prisonnière, c'est clair. A condition bien sûr qu'elle soit toujours en vie, ajouta-t-il avec un ricanement démoniaque.

Il pivota brutalement. Aucun des deux lieutenants ne broncha. Ils connaissaient les accès de fureur démentiels de Khatib. Dans ces moments-là, le chef arabe ne se contrôlait plus, et pouvait tout aussi bien massacrer le premier venu à coups de couteau.

Khatib se remit à arpenter la petite pièce comme un lion en cage, tout en marmonnant des phrases entrecoupées.

— Il a enlevé notre prisonnier... Il a pris Soraya... Donc il sait pourquoi nous sommes ici... Il connaît notre projet... *Inshallah !* C'est le destin !

Il prit une profonde inspiration pour tenter de récupérer un peu son sang-froid, puis il lança :

— Par Allah, rien ne nous arrêtera ! A l'heure fixée, je déclencherai le signal pour détourner le satellite de son orbite !

— Si tout va bien, murmura Fuad.

Khatib bondit comme si une guêpe l'avait piqué et, empoignant le jeune Arabe par sa combinaison de camouflage, le secoua comme un pantin désarticulé avant d'approcher son visage du sien pour le fusiller de son regard dément.

— *Rien* ne nous arrêtera ! rugit-il. Rien ! Tu m'entends bien, Fuad ? J'ai consacré trop de temps à préparer cette opération ! Deux ans de ma vie ! Personne ne m'empêchera de la mener à bien ! Personne ne me privera de sa réussite ! Ce matin même, au petit jour, je déclencherai les signaux pour le satellite !

Il relâcha Fuad avec tant de violence que celui-ci tomba sur les genoux. Il se releva lentement. Mais Khatib ne s'intéressait plus à lui ; il regardait Ahmad.

— Tu as quelque chose contre ce que je viens de dire, Ahmad ?

Le gros Arabe secoua la tête, tandis qu'un sourire mauvais se dessinait sur son visage.

— Certainement pas, mon frère ! Je te suis

complètement. Je serai à tes côtés, quand nous déclencherons l'offensive !

— Encore quelques heures de patience, souffla Khatib. Alors, tous, ils verront !

— Oui, reprit Ahmad, ils verront ce dont on est capable quand on agit au nom d'Allah ! L'Islam imposera enfin sa loi au reste du monde !

Et, spontanément, les deux hommes s'exclamèrent ensemble :

— *Allah ! Allah akhbar !* Allah est grand !

CHAPITRE XXI

Le pilote de la Marine s'appelait Koenig. Il aida Bolan à transporter le copilote inconscient à l'intérieur de la cabane. L'homme avait à la tête une plaie qui saignait abondamment. C'était sa seule blessure apparente.

Soraya s'agenouilla près du blessé et, lui ouvrant les paupières, passa rapidement le faisceau de la torche électrique devant ses yeux. Aucune dilatation des pupilles.

— Traumatisme cérébral, à votre avis ? demanda anxieusement Koenig.

La fille hocha la tête.

— Ça a l'air très sérieux, fit-elle. Il lui faut un médecin de toute urgence.

Koenig leva les yeux sur Mack Bolan, et celui-ci, comprenant la question que le pilote n'osait formuler, secoua la tête.

— Nous ne pouvons strictement rien pour lui tant que nous sommes bloqués ici, commandant. Je n'ai même plus de pharmacie d'urgence. J'ai déjà utilisé la mienne.

— Mais bon Dieu ! On ne va pas le laisser crever ! Il a besoin de soins !

— Tout comme vous, rétorqua Bolan. Comment va votre bras ?

Le pilote haussa les épaules.

— Il me fait un mal de chien. Il est sûrement cassé, je ne peux pas le bouger.

— Laissez-moi vous le soutenir avec une écharpe, proposa tout de suite Soraya.

Elle aida Koenig à enlever sa chemise, puis en arracha les deux manches qu'elle noua entre elles.

Bolan pendant ce temps regardait tomber la pluie dans la nuit, réfléchissant au problème qu'il avait à résoudre.

La tornade ne cessait d'augmenter, et le cyclone n'était plus très loin. Inutile donc de compter sur une aide extérieure.

Il lui faudrait agir seul, une fois encore.

Or, ils ne pouvaient rester bloqués ici éternellement. Le copilote, tout comme Laconia, était gravement blessé. Et les deux hommes ne tarderaient pas à mourir, s'ils ne recevaient pas très rapidement les soins médicaux exigés par leur état.

Le grand homme en noir songea un instant au camion dont il s'était servi pour tendre son embuscade à Spinney. Si seulement il en disposait encore ! Au moins il aurait un moyen de transporter tout le monde jusqu'à la côte, jusqu'à Puerto Obaldia.

Oui, mais cela avancerait à quoi ? se demanda-t-il soudain. Plusieurs heures de trajet épuisant, cahotant... Laconia et le copilote supporteraient-ils cette épreuve ?

Et quand ils seraient arrivés à Puerto Obaldia, que se passerait-il ? La ville se trouvait exactement sur la trajectoire du cyclone. Comment dans ces conditions songer à évacuer les deux blessés ?

Pourtant, gagner Puerto Obaldia serait sans doute mieux que de demeurer ici à attendre... Restait donc à trouver un moyen de transport.

Le premier camion était définitivement perdu. Eh bien ! D'accord, Mack Bolan savait où s'en procurer un autre.

Cela voulait dire une nouvelle offensive mais cette fois avec deux objectifs : d'abord faire sauter cette saloperie d'antenne radar Ensuite, voler un camion.

Décidément, la mission dépassait largement le cadre initial que Hal Brognola avait présenté à Bolan. Il s'agissait maintenant d'une nouvelle pénétration dans le camp ennemi. Un retour dans le nid de ces serpents dangereux devenus probablement fous furieux à la suite de la première attaque de l'Exécuteur. Nul doute, tous les survivants attendaient, armés jusqu'aux dents, avec au cœur une haine et une ardeur vengeresse décuplées, parce que l'homme en combinaison noire les avait humiliés. Il avait causé la mort de leurs frères, avait transformé leur campement en un enfer brûlant et fumant, et avait de surcroît tendu à Spinney une embuscade qui n'avait laissé aucun survivant !

Oui, tous les hommes restés dans le camp arabe étaient prêts à risquer leur vie pour abattre Mack Bolan.

Et l'Exécuteur allait leur en offrir la chance...

De toute façon, c'était là son seul et unique moyen de remplir ses deux objectifs.

***

Le cyclone faisait rage au-dessus du golfe du Mexique, dévastant tout sur son passage. Mais ici, dans le ciel du golfe de Panama, il régnait un calme relatif; la chaîne de montagnes à l'est ralentissait les vents. Dès que Grimaldi aurait passé la crête de la Sierra, ce serait la tourmente, il le savait. Or Mack Bolan se trouvait quelque part sur le flanc oriental de ces montagnes.

Grimaldi s'était branché sur la station VORTAC de l'île de Toboga dès son décollage de la base de Howard. Après quoi, il avait réglé ses instruments de navigation et branché son point automatique pour connaître en permanence la distance qui le séparait de la station de Toboga. Son plan de vol passait juste au-dessus de l'île de Rey, dans le golfe de Panama, puis sur le golfe de San Juan, et enfin un peu au sud de la station VOR de La Palma.

A soixante-dix kilomètres environ du rivage, il repéra un navire-porteur léger et vit un gros hélicoptère Sea Stallion décoller lourdement de sa plate-forme.

Il ressentit les premiers effets de la tempête dès qu'il survola la terre pour s'approcher de la chaîne montagneuse.

Le Cobra était un appareil beaucoup plus léger que le Sea Stallion. Les rafales de vent, de plus en plus fortes, le ballottaient, le secouaient comme un fétu de paille. Devant lui, une énorme masse de nuages noirs menaçants dissimulait complètement la crête des montagnes. La pluie se mit à tomber, martelant le cockpit en plexiglas.

Quand il fut à soixante kilomètres de la Sierra, Grimaldi brancha son système de communication-radio, mais décida d'attendre d'avoir passé le sommet des montagnes pour lancer son appel. Bolan, en effet, se trouvait sur le flanc oriental, et la masse montagneuse entraverait sûrement les ondes radio.

Le Cobra était encore à trente kilomètres du pied de la montagne quand la masse de nuages l'obligea à perdre de l'altitude pour ne voler qu'à cinquante mètres du sol. Les rafales de vent malmenaient l'appareil qui faisait des écarts de plusieurs mètres. Avec la pluie et la nuit, Grimaldi n'avait pratiquement aucune visibilité, et s'il n'avait pas disposé d'un radar de terrain, sans doute eût-il été obligé de se poser.

Le pilote prit une secousse particulièrement brutale, et se maudit intérieurement : quelle crise de folie l'avait poussé à entreprendre une mission que les militaires eux-mêmes considéraient comme impossible ? Comment avait-il pu se croire un seul instant plus compétent que ces hommes mille fois mieux entraînés que lui ?

Plus compétent, ou plus courageux ?

Non, pas plus courageux. Un peu plus téméraire, seulement, et davantage prêt à prendre des risques...

Tout ça pour une seule et unique raison : il volait au secours d'un camarade.

Un sentiment que tout soldat connaissait bien : « qu'importent les risques, même s'ils sont insensés, quand il s'agit de sauver un copain ? La mort elle-même est sans importance ».

Or, Mack Bolan était plus qu'un camarade, plus qu'un copain. C'était un ami.

Grimaldi continua d'avancer dans la nuit et la tempête.

CHAPITRE XXII

Tout d'abord, Bolan vérifia ses armes. L'Auto-Mag 44 et le Beretta 9 mm prolongé d'un silencieux avaient pris la pluie.

Il les démonta consciencieusement pour en essuyer chaque pièce avant de les graisser : le canon, la culasse, le ressort de détente... Il les remonta ensuite, en fit jouer les mécanismes pour s'assurer qu'ils étaient souples, puis graissa les chambres et les rechargea.

Venait ensuite le Stoner. Bolan sortit toutes les balles des chargeurs supplémentaires et les regroupa dans le magasin. Il contenait cinq chargeurs de trente balles : cent cinquante charges mortelles !

Il termina avec les deux AK 47. « AUTOMAT KALASHNIKOV MODIFICATION NII », pouvait-on lire sur les armes russes. L'AK 47 était un des meilleurs fusils d'assaut utilisés actuellement. Non contents d'en fournir à leurs pays satellites, les Russes aidaient bon nombre de pays à en fabriquer, et l'on comptait plus de trente-cinq millions de ces armes dans le monde.

Le fusil d'assaut AK 47 était prévu pour des chargeurs de trente balles 7.62, et mitraillait au rythme de huit cents projectiles à la minute. Ouais, un joujou bien dangereux, mais qui avait tout de même ses inconvénients, et Bolan les connaissait. Contrairement aux armes automatiques américaines, l'AK 47 n'avait pas de système de blocage automatique quand arrivait la dernière balle du chargeur. Il s'arrêtait de cracher, tout bêtement, si bien que le tireur devait plus ou moins consciemment tenir le compte des balles qui lui restaient, pour sortir le nouveau chargeur à temps et ne pas être pris au dépourvu.

Bolan démonta les deux AK 47 avec autant de soin que ses autres armes. Il en graissa toutes les pièces et les garnit avec les chargeurs qu'il avait récupérés dans le camp ennemi.

Puis il compta ses grenades, séparant celles à fragmentation des incendiaires, afin de pouvoir les sortir plus facilement.

Il lui fallut plus d'une heure, même en travaillant vite, pour vérifier tout son armement.

En fait, il ne disposait pas de grand-chose, pour se mesurer à une bonne vingtaine de terroristes arabes. Bien sûr, il en avait déjà éliminé une bonne moitié, et de façon définitive, encore... Mais il en restait au moins vingt ou vingt-cinq, et...

Bolan était bien conscient des risques immenses qu'il courait. Avait-il des chances de survie ? Elles étaient minces, en tout cas, pour ne pas dire nulles.

Mais il avait beau réfléchir, il ne voyait pas de solution pour prendre les rebelles par surprise. Le temps était compté, les conditions particulièrement dramatiques. Seule une attaque de plein front était envisageable.

Et Mack Bolan se trouverait alors confronté à plus de vingt terroristes armés jusqu'aux dents et animés d'une haine vengeresse, fanatique et sanguinaire...

***

Pour gagner le versant oriental de la Sierra, Grimaldi dut emprunter les passes à basse altitude. Il ne pouvait en effet se lancer dans l'énorme masse de nuages noirs coiffant les crêtes ; le Cobra n'était pas prévu pour des vols IFR, et ne disposait donc pas des instruments de navigation nécessaires.

Dans les goulets étroits, le vent tourbillonnait, secouant le petit appareil avec une violence insensée.

Grimaldi avait les mains crispées sur les deux leviers de commande, et ses pieds jouaient sur les pédales. Devant lui, la visibilité était sinon nulle du moins minimale, à cause de la pluie qui tombait en trombes, à présent.

A force de s'agripper aux leviers, il avait des crampes dans ses avant-bras, mais s'efforçait de ne pas y penser, pour se concentrer sur sa route. Son front était inondé de sueur, et sa chemise trempée.

Le Cobra faisait des bonds imprévisibles, se cabrant, plongeant, sautant dans les turbulences. Grimaldi, l'œil fixé sur les voyants de contrôle, s'obligeait à ne pas imaginer les pressions invraisemblables auxquelles étaient soumises les pales de l'hélice...

Trois quarts d'heure plus tard, l'appareil débouchait enfin sur le flanc oriental de la chaîne montagneuse. Le vent y était encore plus fort. Le Cobra cisailla tant bien que mal sa route dans le ciel en tourmente, comme Grimaldi prenait un cap vers le nord.

Presque immédiatement, il brancha son émetteur VHF et commença de lancer son appel :

— Homme de Pierre I... Homme de Pierre I... ici Homme Volant G... répondez, Homme de Pierre I...

Et, inlassablement, il répéta son appel, priant silencieusement que Mack Bolan enfin lui réponde.

*
**

L'aube pointait, difficilement perceptible dans la masse de nuages noirs qui dissimulait le ciel.

Mack Bolan sortit de la cabane, son barda sur le dos, et le Stoner à la main. Sur le pas de la porte, le commandant Koenig et Soraya le regardèrent s'éloigner sans un mot. Quand Bolan leur avait expliqué ce qu'il allait tenter, le pilote s'était exclamé :

— Nom de Dieu, je préférerais vous accompagner !

Le grand homme en noir avait presque atteint l'extrémité de la clairière quand retentit le bip-bip aigu de sa mini-radio. Dégageant vivement l'appareil de sa ceinture, Bolan le brancha juste à temps pour entendre :

— *... Pierre I... répondez... Homme de Pierre I...*

Sur le moment, Bolan n'en crut pas ses oreilles ! Il avait reconnu la voix.

— *... ici Homme Volant G... répondez, Homme de Pierre I...*

Homme Volant G ! Jack Grimaldi ! Bolan n'avait pas eu besoin du nom de code pour identifier la voix de son ami. Il approcha son micro de sa bouche avec un large sourire :

— Ici Homme de Pierre I, annonça-t-il. Je te reçois, Homme Volant G... Qu'est-ce que tu fous par ici ?

La réponse lui parvint, grésillante :

— *Je me baladais par hasard dans les parages. Je me suis dit que j'allais passer te dire un petit bonjour... Allume un peu ta lanterne, tu veux, pour que je te trouve...*

Bolan eut un petit rire : la lanterne ! Grimaldi voulait peut-être qu'on lui prépare des œufs au bacon pour son arrivée ?

Il fouilla dans son barda et sortit rapidement son détecteur d'emplacement qu'il posa sur le sol.

La voix de Grimaldi lui parvint presque instantanément :

— *Parfait... je te vois gros comme un soleil, Homme de Pierre I... je te rejoins dans cinq minutes...*

En fait, moins de trois minutes plus tard Bolan entendait le ronflement du moteur, ponctué par le sourd martèlement du rotor dans la pluie. Puis le profil mince, racé, de l'hélicoptère de combat apparut dans le ciel.

L'appareil fila d'abord en direction de Bolan, s'immobilisa quelques instants au-dessus de lui, puis acheva sa descente jusqu'au sol où il se posa en douceur.

Grimaldi jaillit du cockpit sans même attendre que le rotor ait cessé de tourner. Bolan se précipita à sa rencontre.

— Alors, je te ramène à la maison, chef? fit Grimaldi avec une lueur malicieuse dans les yeux.

Bolan le saisit affectueusement par les épaules mais, retrouvant bien vite son sérieux, déclara :

— J'ai trois blessés, dans la cabane, là-bas, dont deux inconscients. Le troisième a un bras cassé. Et il y a une fille aussi.

Grimaldi leva un sourire étonné.

— Tu peux nous embarquer tous dans ta sauterelle volante ? poursuivit Bolan.

Grimaldi secoua la tête.

— Impossible ! Ce n'est pas une question de poids : j'en transporterais bien davantage. Mais c'est l'espace. J'ai de la place pour une personne, c'est tout. Et ça devient mauvais, là-haut. Que comptais-tu faire, si je n'étais pas arrivé ?

Bolan le lui expliqua brièvement.

— *My God!* siffla Grimaldi. C'est une jolie façon de se faire trouer la peau !

— Mais le rapport des forces n'est plus le même, à présent, observa Bolan. Ton arrivée et l'hélicoptère changent tout.

— Tu oublies les joujoux que j'ai apportés avec moi, sourit Grimaldi. Des babioles de rêve : d'abord un lance-missiles anti-tank avec système de téléguidage, et ce qu'il faut pour le faire cracher. Ça te botte ?

— Ouais, grinça Bolan.

— Le Cobra est armé jusqu'aux dents, reprit Grimaldi. Des missiles sol-air comme s'il en pleuvait. Maintenant, explique-moi comment se présente ce camp.

Bolan s'accroupit sur le sol et, dans la boue, dessina un plan du campement avec l'emplacement de tous les bâtiments.

Grimaldi l'observa attentivement.

Le commandant Koenig, qui avait vu l'hélicoptère atterrir, s'approchait des deux hommes. Grimaldi releva la tête, et Bolan fit les présentations :

— Voici le commandant Koenig. Commandant, je vous présente Jack Grimaldi.

L'officier de l'Aéronavale regarda Grimaldi, puis le Cobra. Grimaldi ne portait pas d'uniforme.

Les deux hommes se serrèrent la main, et Koenig observa :

— Mieux vaut, je pense, ne pas vous demander sous quel commandement vous servez, n'est-ce pas ?

Grimaldi répondit sans doute quelque chose, mais il fut interrompu par le bip-bip aigu de la radio de Bolan. Celui-ci s'empara illico de son petit appareil.

Il n'eut même pas le temps de le brancher : déjà les trois hommes entendaient le battement bien reconnaissable d'un rotor d'hélicoptère.

Grimaldi pivota sur lui-même, scrutant le ciel, mais Bolan fut le premier à distinguer l'appareil : il arrivait de l'ouest.

— Là ! hurla-t-il.

Grimaldi allait se ruer sur son Cobra, quand le commandant Koenig l'arrêta d'un ordre sec :

— Ne bougez pas, mon vieux ! C'est un des nôtres !

Grimaldi s'immobilisa, les yeux fixés sur l'énorme oiseau qui venait de surgir au-dessus de la clairière, pour se poser à moins de dix mètres du petit hélicoptère.

A côté du gros Sea Stallion, le Cobra avait l'air d'un modèle réduit.

Sitôt que les patins du Sea Stallion eurent touché le sol, des hommes en giclèrent.

— Ah, les braves types ! s'exclama Koenig. Je savais bien qu'ils ne nous laisseraient pas tomber !

Un pilote rondouillard courut au-devant des trois hommes et salua.

Le commandant lui montra la cabane, tout en déclarant :

— Là-bas. Vous y trouverez deux hommes grièvement blessés.

Le pilote cria des ordres à ses coéquipiers. Immédiatement, des hommes sortirent deux brancards du ventre de l'appareil, et les transportèrent à la hâte jusqu'à la baraque. Soraya sortit alors.

Quelques minutes plus tard, un brancard chargé du corps toujours inerte de Laconia, emmitouflé dans une couverture, apparaissait sur le seuil de la cabane, immédiatement suivi par un autre sur lequel gisait le copilote de Koenig.

Soraya s'approcha de Bolan et de Grimaldi. Celui-ci la détailla complaisamment de la tête aux pieds, mais ne fit aucun commentaire.

Bolan prit alors la parole.

— Commandant Koenig, je suppose que vous prenez la direction des opérations, à partir de maintenant.

L'officier hocha la tête, et Bolan poursuivit avec un geste de la main en direction de Laconia, que l'on embarquait à bord du Sea Stallion :

— Il est impératif que cet homme soit ramené à Washington dans les plus brefs délais. Faites comme bon vous semble, mais transportez-le là-bas au plus vite.

Koenig exécuta un salut militaire avant de se tourner vers Soraya.

— Allons-y, Miss. Ils sont prêts à décoller.

Soraya hésita, comme si elle ne voulait pas partir, et jeta un regard implorant à Bolan. Mais celui-ci lui ordonna, sur un ton qui n'admettait pas la réplique :

— Vous devez partir avec eux maintenant. C'est votre seule chance.

Comprenant qu'il était inutile d'insister, Soraya suivit Koenig qui courait déjà vers le gros hélicoptère. A peine étaient-ils grimpés tous les deux à bord que la lourde porte se refermait sur eux. Deux secondes après, l'énorme appareil se détachait du sol.

Il décrivit un demi-cercle au-dessus de la clairière et s'enfonça dans le ciel d'encre. Il avait mis le cap à l'ouest, loin du cyclone, pour rejoindre son navire-porteur, quelque part dans le golfe de Panama.

Bolan effleura le bras de Grimaldi, et s'agenouilla à nouveau près du croquis qu'il avait tracé dans la boue :

— Et maintenant, déclara-t-il, voilà comment nous allons procéder...

CHAPITRE XXIII

Bolan avait pris la place du tireur, devant et un peu au-dessous de Grimaldi. Le pilote souleva le Cobra de terre, l'appareil effectua d'abord un grand arc de cercle au-dessus de la clairière, puis, se fiant aux instructions de Bolan, Grimaldi mit le cap sur le camp terroriste. La pluie, par bourrasques, cinglait le cockpit en plexiglas.

L'ex-pilote du Viêt-nam s'efforçait de maintenir l'appareil à très basse altitude, rasant pratiquement la cime des arbres, et tirant des bordées à la manière d'un bateau à voile dans la tourmente, pour maintenir le vent de trois quarts arrière. La route d'accès au camp apparut bientôt. Grimaldi réduisit la vitesse de l'hélicoptère et descendit encore un peu, pour survoler de très près le champ de bataille qu'avait laissé Bolan. Le camion fracassé gisait toujours en travers de la route. En revanche, tous les cadavres avaient disparu.

L'hélicoptère, maintenant, volait pratiquement au ras de la route. Bolan indiqua du geste un point, un peu plus loin sur la piste :

— Voilà. Encore une centaine de mètres, et tu me lâcheras, fit-il dans son micro.

Les patins de l'hélicoptère effleurèrent le sol détrempé et, le rotor tournant toujours, Bolan bondit sur le sol. Il tira ensuite son barda rempli de missiles, puis le lance-rocket anti-tank, ainsi que son mini-système de téléguidage intégré.

Grimaldi lui adressa un sourire grinçant, et hurla pour couvrir le bruit de l'hélice :

— Refile-leur un bon baiser du Diable, Mack !

Bolan lui rendit son sourire et, montrant le pistolet à fusée éclairante accroché à sa ceinture, cria :

— Dans dix minutes ! Observe le ciel, tu devrais voir la lueur d'ici.

Grimaldi lui répondit par le signe de la victoire, et Bolan s'éloigna de l'appareil. Il cala son barda sur son dos, prit dans sa main droite le Stoner M 63 A1 avec son chargeur de cent cinquante pruneaux, et passa l'AK 47 en bandoulière sur son épaule.

Il resta quelques instants immobile, silhouette saisissante, terrifiante, insensible au vent et à la pluie, dans sa combinaison de combat collant comme une seconde peau.

Il rééquilibra son barda, resserrant un peu la sangle qui le soutenait puis, sans un regard à Grimaldi, partit à petites foulées sur la route.

En quelques secondes, il avait disparu dans la pluie et le brouillard.

L'odeur de la jungle le submergea à nouveau, avec ses connotations de guerre éternellement renouvelée. Avait-il jamais existé, le temps où les hommes pouvaient vivre librement leurs rêves sans se préoccuper de prendre les armes pour défendre la condition humaine ?

Quelle était-elle d'ailleurs, cette condition humaine ? Valait-elle vraiment le prix de la guerre ?

Une guerre éternelle, toujours recommencée ? Oui, probablement. La guerre avait très vraisemblablement débuté dans une jungle semblable à celle-ci, et sans doute avait-elle marqué le début de l'espèce humaine.

Mack Bolan se dit que l'homme se battait depuis la nuit des temps. Sa quête était noble, et elle lui avait fourni son identité dans un monde dominé par les exigences belliqueuses de survie.

Un sauvage noble et romantique, caressant le rêve d'un monde meilleur...

Même quand il partait au combat...

[illegible]

[illegible] et quelques [illegible] dans le [illegible] lieu.

[illegible]

[illegible]

[illegible] au [illegible].

[illegible]

CHAPITRE XXIV

Bolan était allongé à plat ventre à l'extrémité du terrain découvert devant la place forte ennemie. Le sol trempé ne le troublait pas plus que la pluie qui tombait. Il avait les yeux rivés à ses puissantes jumelles, et inspectait minutieusement le campement vu de face.

Il aurait préféré se faufiler à l'arrière du camp, pour mieux repérer la base de la grosse antenne radar, mais le camp tout entier était sur le pied de guerre, et des sentinelles patrouillaient sur la pente de la montagne.

Quatre hommes gardaient le portail d'accès. Ailleurs, les sentinelles se déplaçaient par deux. Près de l'unique baraquement-caserne encore debout, deux camions attendaient, moteurs au ralenti, chauffeurs au volant. Et Bolan savait bien qu'au premier bruit insolite, des terroristes en armes jailliraient du baraquement pour se ruer dans les camions et filer vers le point chaud.

OK, son inspection était terminée, et il n'avait rien remarqué qui soit susceptible de modifier le plan tactique initial établi avec Grimaldi.

Dans sa tête, le compte à rebours commençait.

L'Exécuteur rampa de quelques mètres en arrière pour préparer le lance-roquettes. Il était toujours allongé à terre, dissimulé dans les hautes herbes et les buissons, mais avait devant lui un champ de tir parfaitement net et clair. Il brancha d'abord le système de télécommande intégré au tube même du lance-roquettes. Ensuite il verrouilla en place le viseur optique, et établit les connections électriques avant d'approcher le viseur de ses yeux : l'image était fortement grossie, et très nette.

Il glissa alors le premier missile anti-tank dans le tube. Grimaldi lui avait apporté cinq de ces joujoux de mort. Il disposa donc les quatre autres devant lui.

Ses deux premières cibles étaient les camions, près du baraquement.

La troisième était le baraquement lui-même, la quatrième, la construction en béton abritant les ordinateurs, et la cinquième, la grosse antenne radar. Toutefois, pour cette dernière, Bolan attendrait de s'être introduit dans le camp, pour ne pas risquer de la manquer !

Mais il n'avait pas l'intention de s'attaquer aux cinq missiles Scud. Privés de leur base informatique, les terroristes ne pourraient pas lancer leurs oiseaux mortels, de toute façon. Si l'on déconnecte le mécanisme électronique d'un missile de ce type, rien au monde ne saurait le faire décoller du sol.

En outre, ces Scud russes étaient d'une puissance telle qu'en sautant ici, ils entraîneraient la montagne avec eux, et du même coup Grimaldi, son Cobra... et Bolan aussi.

Non, l'Exécuteur devait maintenir son tir à distance respectable des Scud, sinon il se verrait offrir en prime un voyage direct au ciel, et sans billet de retour, encore...

Il vérifia dans le viseur chacune de ses cibles, déterminant le point d'impact précis de ses charges d'explosifs.

Le Stoner reposait contre sa jambe gauche, et la Kalashnikov était juste à côté.

Bolan sortit le pistolet à fusée éclairante, l'ouvrit pour le charger d'une cartouche toute plate. Puis il le referma, et le posa au sol, devant lui. Il s'empara ensuite du lance-roquettes, qu'il cala fermement contre son épaule, appuyant les montants du viseur contre son front et sa joue.

Feu ! Son doigt joua sur la détente.

Une boule incandescente furieuse jaillit du museau de l'engin de mort, laissant sur son passage une mince traînée de fumée.

Bolan, sans attendre, s'empara du Stoner, et cracha deux courtes rafales sur les quatre sentinelles du portail. Elles saisirent les hommes comme ils se retournaient, stupéfaits.

Les projectiles 5.56 se vrillèrent un chemin sanglant dans leur chair. Les hommes s'écroulèrent, mais Bolan suivit leur chute aveugle dans son viseur et arrosa une dernière fois leurs corps déjà inertes, envoyant gicler vers le ciel des débris d'os, de chair et de cervelle, en un ultime coup de grâce à distance.

Il reposa alors le Stoner, et saisit le pistolet à fusée éclairante. Il leva le bras, tenant l'arme bien droite au-dessus de lui, et caressa la détente : un jet de lumière aveuglante fonça dans le ciel pour y éclater en un gigantesque champignon écarlate. Grimaldi n'attendait que ce signal, Bolan le savait. Le gros moteur du Cobra allait renaître à la vie, et les pales du rotor battraient l'air de plus en plus vite, tandis que l'hélicoptère de chasse foncerait au combat.

Dans le camp ennemi, c'était la débâcle, brutale et déchaînée. La roquette avait complètement détruit le camion de tête, et l'explosion avait été immédiatement suivie par le crépitement du M 63 A1 en pleine action.

Du baraquement jaillissaient des énergumènes en folie qui se bousculaient dans leur course précipitée pour rejoindre le camion. C'était bien ainsi que Bolan avait prévu les choses.

Le lance-roquettes cracha une seconde fois, et l'oiseau de feu bondit dévorer sa cible, suivi de son mince panache de fumée. Il toucha le véhicule en plein dans le pare-brise et fila son chemin jusqu'à l'arrière, maintenant bourré de terroristes armés.

Le camion éclata comme une grenade trop

mûre. Normal, après tout. Les joujoux de Grimaldi étaient prévus pour anéantir des tanks !

Des débris de ferraille jaillirent vers le ciel, tandis que, brutalement, le mur du baraquement était tout éclaboussé de sang et de lambeaux de chair. Puis le réservoir d'essence du véhicule explosa, et d'immenses flammes orangées s'élancèrent à l'assaut des nuages, léchant avidement les corps inertes affalés sur le sol.

Bolan avait tenu sa promesse : le camp terroriste était transformé en enfer démoniaque.

Mais il n'avait pas encore terminé.

Il visa sa troisième cible, caressa la détente du lance-roquettes, et observa, avec un sourire grimaçant, l'oiseau de feu qui explosa en plein dans le baraquement.

Des tueurs jaillissaient des cahutes, non loin, et les sentinelles en patrouille sur le campement se précipitaient vers le lieu de l'explosion.

C'était au tour de la cible quatre, à présent : la construction de béton abritant les ordinateurs.

Bolan s'apprêtait à actionner la détente, quand il poussa un juron à haute voix.

Précédé du ronflement régulier de son gros moteur et du battement rapide de ses pales, le Cobra venait d'apparaître, et survolait le camp, son mini-canon arrosant tous azimuts.

Bolan n'osa pas tirer son quatrième oiseau

de feu. Les débris de ferraille et de béton projetés par l'explosion risquaient d'endommager l'hélicoptère.

Pendant quelques secondes, il oublia même son propre combat, observant, avec une admiration mêlée de joie, Grimaldi qui, tel un fou du ciel, faisait danser son appareil au-dessus du campement tout en effectuant de grands cercles pour mitrailler à loisir. Du beau boulot, vraiment ! Les terroristes tombaient comme des mouches sous la terrifiante averse de plomb qui les plaquait au sol pour mieux les déchiqueter.

Bolan s'empara de son Stoner : un Arabe fou furieux avait brusquement bondi à découvert, et pointait son AK 47 droit sur l'hélicoptère.

Mais le tueur dément n'eut pas le temps de tirer. Une sérieuse rafale de 5.56 le coupa net en deux sans lui laisser une chance de comprendre.

L'hélicoptère de chasse prenait le large, à présent. C'était donc à Mack Bolan de jouer à nouveau.

Contre toute attente, un troisième camion, intact celui-là, apparut de derrière un bouquet d'arbres, tout au fond du camp. Bolan l'observa, le cœur battant. Le chauffeur s'éloigna, doucement d'abord, des cahutes, puis accéléra en direction du portail d'accès, comme pour livrer une contre-attaque surprise à l'ennemi qui mitraillait de front.

Bolan calcula rapidement que le véhicule transportait au moins dix ou douze Arabes armés à son bord. Autant de terroristes qu'il n'avait pas prévus dans ses estimations préalables. De plus, ils étaient trop nombreux pour permettre d'envisager une bataille ouverte de front.

L'Exécuteur s'empara encore une fois du lance-roquettes, visa, centra sa cible, inséra dans le tube un missile télécommandé et brancha le mécanisme de guidage à distance.

Au niveau du portail, le camion avait ralenti pour contourner les cadavres des sentinelles affalées en travers de la route. Dans son viseur, Bolan maintint la croix de repérage sur le corps de véhicule, et le système de téléguidage intégré fit le reste.

Le missile, traînant derrière lui son minuscule filament d'acier, gicla vers le camion, suivant sa cible dans ses moindres déplacements, grâce aux signaux électriques que lui transmettait le mécanisme de télécommande.

L'oiseau de feu percuta le camion en plein dans le châssis, juste sous la cabine du chauffeur.

Malgré la fumée aveuglante de l'explosion, Bolan vit le camion s'affaler sur le côté. Des corps distordus giclèrent dans les airs, tandis que le camion s'enflammait furieusement.

L'Exécuteur se redressa.

Une fumée éclairante verte jaillit dans le ciel : le Cobra allait repasser à l'attaque pour couvrir le grand homme en noir qui s'apprêtait maintenant à traverser la zone découverte pour s'introduire dans le camp ennemi.

Le gros Stoner à la main, Bolan enjamba vivement les cadavres des sentinelles, près du portail. Puis il fila derrière les restes fumants du baraquement, tandis que Grimaldi, de son hélicoptère, pilonnait systématiquement le reste du campement.

CHAPITRE XXV

Quand la première explosion secoua le camp, déchirant l'air de son bruit de tonnerre, Khatib al Sulieman, dans sa cahute, attendait nerveusement avec Fuad : Ahmad devait le prévenir quand tout serait prêt pour le détournement du satellite.

Les deux hommes se précipitèrent à la porte, juste à temps pour voir le camion bondé d'hommes en armes se cabrer au sol, avant de se transformer en une masse informe de flammes et de débris projetés de toutes parts.

Brusquement, ce fut l'enfer déchaîné.

Au-dessous de la couche de nuages, le dangereux hélicoptère de combat survolait le camp en larges cercles, arrosant à vue avec son mini-canon ventral, et transformant le campement en un jeu de massacre démoniaque. Des hommes s'affalaient à terre, saisis dans leur course par la mitraille, d'autres plongeaient désespérément à couvert... mais les abris étaient rares.

Khatib se plaqua contre le mur de sa cahute,

attendant que l'attaque passe, et dès que le Cobra s'éloigna, il se rua en une course folle jusqu'au bâtiment de béton, suivi de près par Fuad, terrifié.

Il entra en trombe dans la salle des ordinateurs et percuta Ahmad de plein fouet : le terroriste avait son AK 47 à la main, et dans ses yeux dansait une lueur de folie sanguinaire.

Khatib le saisit par le bras :

— Où vas-tu, imbécile ?

— Balancer les missiles Scud !

Khatib lui arracha le fusil d'assaut des mains :

— Crétin ! s'exclama-t-il. J'ai besoin de toi ici ! Combien de temps faut-il encore, pour s'emparer de ce maudit satellite ?

— Rends-moi mon arme ! hurla Ahmad, en essayant de se libérer.

Khatib le gifla en plein visage.

— Réponds à ma question !

Fuad prit alors la parole :

— Vingt minutes. Nous tiendrons jusque-là ?

— Non. On ne peut pas déclencher les signaux avant ?

Lâchant Ahmad, Khatib se tourna vers Fuad :

— Alors, oui ou non, on peut les déclencher plus tôt ?

— Non. Le satellite ne sera pas en position.

Khatib hésita un instant, avant d'exploser :

— Tant pis ! Balance les signaux tout de suite ! Dépêche-toi.

Fuad haussa les épaules et s'approcha de la console de commande. Khatib se tourna alors vers Ahmad, mais le terroriste avait disparu. Et son AK 47 aussi !

Le révolutionnaire fanatique n'avait pas su résister à l'appel du sang et de la bataille.

L'Exécuteur n'avait pas vraiment la partie belle : les rebelles survivants étaient beaucoup plus nombreux qu'il ne l'avait escompté.

Deux d'entre eux surgirent à sa droite, comme il passait le portail d'accès. Il les aperçut dans son champ de vision périphérique, et, dans un réflexe, le Stoner cracha, ses projectiles effectuant un demi-arc de cercle. A droite, plus rien ne bougea.

Un peu plus loin, à gauche, Bolan entendit alors le crépitement lourd d'un AK 47. Mais déjà, le spécialiste de la mort avait plongé dans la boue, et sa réponse cisaillait l'air.

Puis, à travers le rideau de pluie, il distingua le museau d'un fusil d'assaut braqué à la fenêtre d'une des cahutes. En un geste éclair, il sortit une grenade à fragmentation et la dégoupilla pour la balancer par la fenêtre ouverte.

Il était déjà loin quand la cahute explosa ; et

sa cible enfin était en vue : la construction de béton abritant les ordinateurs.

S'il détruisait le cerveau de l'antenne-radar, celle-ci n'émettrait jamais plus ses signaux pour détourner le satellite.

Hélas, la construction ne devait pas sauter maintenant...

Un Arabe trapu, tenant son AK 47 à deux mains, arrivait à la charge, une lueur sadique dans le regard.

Le Stoner cracha une balle... et le chargeur jaillit, vide !

En moins d'une fraction de seconde, Bolan avait saisi son Auto-Mag, et l'énorme projectile d'acier pénétra dans la poitrine du rebelle sanguinaire, qui se cabra en arrière, avant de s'écrouler au sol. Ahmad fonçait maintenant tout droit dans l'éternité...

Le feu des Kalashnikov redoublait, à présent. Bolan plongea à couvert derrière le bâtiment en béton et lança une nouvelle fusée éclairante. Aussitôt, le petit hélicoptère Cobra apparut dans la pluie, pilonnant le campement de son mini-canon, forçant les terroristes à se mettre à l'abri. Puis, brusquement, le petit appareil effectua un plongeon acrobatique, pour toucher le sol juste devant une des cahutes encore debout.

Bolan courait déjà, se ruant vers l'hélicoptère. Il ouvrit brutalement la porte du siège du tireur et plongea à l'intérieur. Il n'était pas encore complètement rentré que Grimaldi soulevait du sol son oiseau meurtrier. Le pilonnage reprit quelques instants pour couvrir la retraite de l'appareil, puis le Cobra s'éleva comme une flèche dans le ciel, gagnant l'abri protecteur de la couche de nuages.

CHAPITRE XXVI

Luttant contre le vent, Grimaldi éloignait le Cobra du plateau et du campement maudit, jonché maintenant de cadavres, de ruines et de mourants.

Bolan avait pratiquement anéanti l'ennemi, et même s'il restait encore quelques terroristes en vie, ils ne pouvaient plus rien faire.

Le pilote eut un sourire de satisfaction et brancha son micro :

— Alors, chef, on rentre à la maison ? aboya-t-il dans l'appareil.

La réponse de Bolan le surprit :

— Non, on retourne au camp ! Le boulot n'est pas terminé.

*
**

Dans le camp arabe, la pluie tombait à verse, lavant le sang des cadavres et des blessés affalés dans la boue, qui peu à peu prenait un étrange ton rougeâtre. Les rares survivants, complètement sonnés, dénombraient en silence leurs morts et leur pertes.

Après la folie furieuse de la bataille, le calme paraissait insolite, troublé seulement par le gémissement intermittent des mourants, et par le bruit de la pluie.

Mohammed Shahadeh traversait le campement quand il s'immobilisa brusquement, l'oreille aux aguets. Un bruit très faible résonnait dans le ciel. En moins d'une seconde, il avait compris : il se mit à courir en hurlant de toutes ses forces :

— Ils reviennent, mes frères! Ils reviennent!

Bolan brancha son micro :

— La cible 1, c'est l'antenne, fit-il d'une voix tendue. La cible 2, la construction de béton abritant les installations de commande. Vu ?

— Roger, répliqua Grimaldi.

— On reste sur la cible 1 tant qu'elle n'est pas complètement détruite. Compris ?

De la place du tireur, en avant et au-dessous de Grimaldi, Bolan s'efforçait de percer du regard le rideau de pluie.

Dans la salle des ordinateurs, Fuad ruisselait de sueur. Khatib, penché sur lui, ne lui laissait aucun répit, le pressant de travailler plus vite.

— Ça y est, ça y est! protesta Fuad. Il me faut encore trente secondes.

Levant la tête, les yeux brillants d'excitation, il ajouta :

— Et tu pourras déclencher les signaux toi-même, mon frère.

Bolan avait la main sur la commande du mini-canon. Derrière lui, Grimaldi paraissait tendu, contrôlant de ses mains crispées les deux leviers de commande, sans quitter des yeux les voyants de contrôle. Il tira le levier des gaz, et l'appareil accéléra, puis sa position en vol changea : il piqua légèrement du nez. Il sortit des nuages tout près du camp arabe, tel un monstrueux oiseau préhistorique, mais son bec et sa queue contenaient du feu et des éclairs...

— Voilà ! hurla Fuad en bondissant de son siège. Nous sommes prêts !

Khatib écarta violemment son lieutenant et s'assit à sa place devant la console de commande.

— Montre-moi ! ordonna-t-il.

Fuad se pencha sur son épaule :

— Voilà les touches qui déclenchent les séquences, expliqua-t-il d'une voix entrecoupée par l'excitation. Ici la touche 1 qui fera apparaître la première séquence sur l'écran. Et là, la touche 2, qui amènera la seconde séquence. Et enfin la touche 3. Quand tu appuieras sur celle-là, alors...

— Je sais ! aboya sauvagement Khatib. Et maintenant, Fuad, laisse-moi seul. Fais ce que tu veux avec les missiles de Spinney. Balance-les sur le canal, je m'en fous. Moi, mon destin est ici ! Je serai le premier homme à détourner un satellite...

En approchant du camp, Bolan repérait dans le viseur du canon des silhouettes qui couraient. Non, décidément les cibles ne manquaient pas : d'abord un tueur, un genou en terre, sa Kalashnikov pointée vers l'hélicoptère. Puis deux autres, près d'une des cahutes, l'un à genoux, l'autre debout, mais tous les deux visant le Cobra. Enfin, à gauche, un groupe de quatre rebelles : trois tiraient, le quatrième brandissait son fusil d'assaut, tout en hurlant comme un hystérique.

Bolan fit pivoter le canon, maintenant ses cibles en plein centre du viseur. Puis il dégagea le cran de sécurité, et le canon sortit sous le nez du Cobra, crachant sa mitraille de plomb. Les cibles tombaient comme des mouches sous la pluie mortelle, et les corps des terroristes s'effondraient dans la boue, pour être criblés davantage encore par le feu incessant de l'Exécuteur. Une pluie de mort ! Une pluie de sang et de dévastation ! Une pluie qui percuta Fuad à quelques mètres seulement du bâtiment en béton, et tout juste quelques secondes avant qu'il ne lâche ses missiles Scud sur le canal de Panama... Fuad s'effondra dans une mare de sang tandis que ses tripes se répandaient dans la boue.

L'hélicoptère fonçait maintenant vers la

grosse antenne. Grimaldi avait branché le sélecteur automatique de cible dont le voyant rouge clignotait sur le tableau de contrôle.

— Vas-y ! hurla Bolan dans son micro.

Grimaldi pressa sur le bouton. Deux missiles sol-air giclèrent en rugissant de la soute droite du Cobra, tandis que le voyant rouge toujours allumé cessait brutalement de clignoter.

Et Bolan aperçut, sous le cockpit en plexiglas, deux monstrueuses traînées de feu filant devant l'appareil.

Dans la salle des ordinateurs, Khatib al Sulieman venait d'appuyer sur la touche 2, et regardait la seconde séquence se former sur l'écran. N'y tenant plus, il approcha sa main de la touche 3...

Les deux premiers missiles percutèrent les câbles maintenant l'antenne. Grimaldi fit pivoter l'hélicoptère pour prendre une nouvelle ligne de tir.

— Vise la base, hurla Bolan dans son micro.

Grimaldi abaissa le nez du Cobra de quelques degrés, pour le placer dans la trajectoire de la base, et brancha le sélecteur automatique de cible.

A nouveau, deux missiles sol-air giclèrent en rugissant devant le museau du Cobra.

La seconde séquence venait de disparaître sur l'écran de contrôle. Avec un cri de jubilation, Khatib pressa son index droit sur la touche 3...

Les deux missiles explosèrent au centre de la base en un gigantesque fracas, anéantissant l'antenne et son support, projetant des débris de béton et de métal sur des dizaines de mètres à la ronde.

Devant Khatib, l'écran devint subitement blanc. A nouveau le chef appuya frénétiquement sur la touche 3, mais son cri de jubilation s'étrangla dans sa gorge.

Il fixait sans y croire l'écran inerte.

Puis, une fraction de seconde plus tard, le fracas diabolique de l'explosion retentit dans la salle des ordinateurs.

Le Palestinien comprit instantanément.

Avec un rugissement de fureur, il bondit de son siège, balança un violent coup de poing sur l'écran de contrôle, et se rua vers la porte. Au passage, il s'empara de l'AK 47 de Fuad.

— Cible 2 ? demanda Grimaldi.

— Exact, rétorqua Bolan dans le micro. Cible 2.

L'hélicoptère traversa une nouvelle fois le campement. Au passage, Bolan balaya avec le mini-canon quelques terroristes survivants qui traînaient çà et là. Puis il vit la silhouette en combinaison militaire sortir du bâtiment de béton. Il la cadra dans le viseur du canon, tira, mais la rata. Tant pis. Il fallait expédier les missiles, maintenant.

Son pouce caressa le bouton-déclencheur... Deux missiles jumeaux, jaillis cette fois de la soute gauche, fusèrent vers la cible. Et, en moins de temps qu'il n'en faut pour le dire, la silhouette en combinaison militaire fut balayée dans l'ouragan qui dévastait le gros bâtiment de béton brusquement désintégré.

L'hélicoptère bondit dans le ciel, en obliquant brutalement.

— Alors, chef, on rentre à la maison ? grinça une fois encore Grimaldi.

Bolan eut un mince sourire :

— Oui, allons-y !

CHAPITRE XXVII

— Nous avons eu de la veine, expliqua Bolan avec un sourire détendu. Nous nous sommes tirés juste avant l'arrivée du cyclone.

Il se cala contre le dossier de son fauteuil, dans la salle des opérations de la ferme de l'Homme de Pierre, avant de reprendre :

— Grimaldi m'a ramené jusqu'à la base de Howard, et là, croyez-le ou non, nous avons trouvé Soraya qui nous attendait !

Ils étaient tous réunis autour de lui : Hal Brognola, Rosario Blancanales, Gadgets Schwarz, Leo Turrin, Carl Lyons et Rose d'Avril, bien sûr, assise à la place d'honneur, à côté de Bolan, une main doucement posée sur son bras.

— Les médecins sont assez optimistes pour Laconia, annonça Brognola.

— Tant mieux, répliqua Bolan. Le pauvre gars en a vraiment vu de toutes les couleurs !

Le chef fédé reprit la parole :

— Quelqu'un sait où diable est passé Jack Grimaldi ?

— Pas moi, en tout cas, rétorqua Bolan. Je l'ai laissé en compagnie de Soraya à la base de Howard, quand j'ai reçu ton message me demandant de rentrer le plus vite possible.

Rose d'Avril eut alors un sourire malicieux :

— Pour tout vous dire, déclara-t-elle, je viens de recevoir un télégramme de Jack, posté d'un hôtel sur la côte mexicaine. Il dit qu'il sera absent quelques jours pour raison de lune de miel ! Bravo pour lui...

Tout le monde éclata de rire, puis Bolan s'adressa à nouveau à Brognola :

— Alors, c'est pour quand, la prochaine mission ?

— Plus tôt que tu ne crois, Casseur, soupira le haut fonctionnaire en sortant de sa serviette une épaisse enveloppe marron.

En s'entendant appeler « Casseur », Bolan s'était raidi.

— Tu m'as demandé de rentrer pour m'expliquer de quoi il s'agit, c'est ça, Hal ?

Le patron de l'Agence fédérale hocha la tête :

— Oui, et il n'y a pas de temps à perdre...

Achevé d'imprimer en février 1983
sur les presses de l'imprimerie Bussière
à Saint-Amand (Cher)

— N° d'imprimeur : 3072. —
— N° d'éditeur : 11039. —
Dépôt légal : mars 1983.

Imprimé en France